UMA VIDA INVENTADA

Hilda
João Pessoa maio de 2008

Maitê Proença

Uma vida inventada

MEMÓRIAS TROCADAS E OUTRAS HISTÓRIAS

2ª edição / 1ª reimpressão

AGIR

PROJETO GRÁFICO E CAPA
Mariana Newlands

FOTO DE CAPA
Vicente de Paulo

COPIDESQUE
Clara Diament

REVISÃO
Damião Nascimento

PRODUÇÃO EDITORIAL
Juliana Romeiro

CIP-Brasil. Catalogação-na-fonte. Sindicato Nacional dos Editores de Livros, RJ.

P957v
2ª ed.

Proença, Maitê, 1958-
Uma vida inventada: memórias trocadas e outras histórias / Maitê Proença. — Rio de Janeiro: Agir, 2008. — 2ª edição.

ISBN 978-85-220-0934-3

1. Romance brasileiro. I. Título.

08-0466

CDD: 869.93
CDU: 821.134.3(81)-3

08 09 10 11 12 — 9 8 7 6 5 4 3 2

AGIR

AGIR EDITORA LTDA.
Rua Nova Jerusalém, 345 — CEP 21042-235 — Bonsucesso — Rio de Janeiro – RJ
Tel.: (21) 3882-8200 fax: (21) 3882-8212/8313

Para minha filha, Maria

Existe uma crença muito difundida de que as crianças são abertas, de que a verdade sobre seu ser interior praticamente brota delas. Não é bem assim. Ninguém é mais protegido que uma criança, e ninguém tem mais necessidade de sê-lo. Essa é uma reação a um mundo que o tempo todo tenta abri-la com um abridor de latas para ver o que ela tem por dentro, com a intenção de avaliar se não seria o caso de trocar por algo mais funcional.

PETER HOËG, em *Senhorita Smilla e o sentido da neve*

Um mês depois de sumir o pai voltou, num susto, como havia partido. O abatimento em seu corpo era indisfarçável. Não que tentasse... Emagrecera de dar aflição e fumava mais do que antes com o olhar perdido nos fundos do pensamento. Que idéias marejavam aqueles olhos de louco? Às vezes quando a menina se aproximava para mostrar que estava perto, e que, se ele ensinasse como, ela gostaria de ajudar, nesses momentos, seus olhos tornavam-se ternos feito os de um touro após o pasto e, num ímpeto, o pai abraçava a filha até estalar-lhe as costelas, enquanto a menina se largava e nem sentia a dor, pois havia outra coisa ali machucando mais. Ela o apertava de volta tentando espremer a coisa pra fora, porque estava instalada, parecia, bem no meio do afeto que havia entre eles, atrapalhando tudo... E assim procurava encontrar o caminho para os porões ocultos onde agora vivia seu pai, e, quem sabe, trazê-lo de volta para um momento já transcorrido, em que tudo seria possível... se aquilo fosse possível.

A tensão aumentava na casa compondo uma espécie de histeria sem som, e a menina buscava equilibrar-se entre a mãe, que via nas turbulências uma alteração transitória, e o pai, que em transe contínuo parecia vislumbrar precipícios. Saído por instantes de sua esdrúxula sintonia, Carlos conversou com a filha sobre a separação, mas Consuelo negou tudo dizendo considerar a possibilidade apenas para acalmar o marido. Ninguém falava no intruso das semanas anteriores, que em tão poucos dias se havia feito íntimo da casa — era como se houvesse evaporado nos fluidos inesperados da chegada de Carlos. Curioso que a mãe conseguisse eliminá-lo a ponto de ninguém tocar no assunto; ficava fácil pensar que o desconhecido fosse fruto de uma incômoda fantasia assim como tantas outras estranhezas que andavam rondando por ali. A tranqüilidade de Consuelo diante do peso na atmosfera fazia com que todos se sentissem — tal como Carlos — um pouco dementes. E nesse espaço torto o medo infiltrava-se sorrateiro pelas frestas e cantos. Por isso era tão bom, quase sempre, aconchegar-se a Consuelo e respirar sua maternidade serena, inabalável. Era confortador acreditar que talvez fosse mesmo o pai o ponto desarmônico que a tudo contaminava com sua moléstia de humor. Afinal era ele quem jogava objetos pelos ares nos rompantes do casal. Era ele que havia sumido sem explicação por um longo mês, permitindo com sua ausência que tudo na casa se desordenasse, e agora era por sua causa que não se podia mais falar sem medir palavra, e que as coisas que se tocava pareciam querer quebrar. Era o pai que vivia cheio de fúria e com uma cara malvada de fim. E era por isso que a menina ficaria para sempre enlaçada na mãe que tinha paz e alegria — e um futuro no olhar.

Tem um congestionamento aqui dentro de mim. São muitas pessoas querendo falar, se exibir, se expressar. Achei que estava entrando num período de calmaria, a maturidade afinal, e de repente esse furacão. As incompatibilidades de conceitos, o sobe-e-desce emocional, é um mulherio afoito que parece não caber no meu corpo pequeno. Será que a estatura de uma pessoa é proporcional à dose de contradições que lhe são permitidas em vida? Dou entrevistas sobre a serenidade adquirida, mas cadê ela agora, nesse exato momento? Está lá com a outra, aquela que medita, pondera, é segura e tem classe? Ainda bem que existe a outra pra trazer conforto, mas há horas que me escapa bem quando mais preciso dela. Há um tumulto na sala querendo enfiar-se pelos quartos, banheiros, varanda; debruçado no parapeito, ele se esparrama por todos os meus cantos. Esta noite num perrengue de casal fiz o de sempre, o de ontem, de há dez anos, vinte: comparei um amor com outro para desmerecer esse que amo agora. Falei das qualidades de quem já não quero para quem me faz muito feliz. Por que nessas horas a gente diz coisas que nunca pensou? Depois fica aquele vaso quebrado no meio do peito, a gente tentando remendar o que se partiu no vício de não se conter. Coisa repetitiva... Será que antes da pessoa encarnar botam num curso preparatório pra vida que ela terá? Devo ter perdido ensinos indispensáveis, o de controle dos pequenos ímpetos certamente. Na verdade, sou magnífica nas situações de impacto, mas me enrolo vergonhosamente com as minúcias do dia-a-dia. E a vida é feita do corriqueiro.

Faço refeições em torno da mesa, oração às seis da tarde, nado mil metros todos os dias, tenho um bom trabalho, um bom dinheiro, a filha perfeita, amigos de trinta anos e um homem que me ama. Contudo, muitas vezes me sinto perdida numa desestrutura abissal! Não me lembro de terem me avisado que precisaria lidar com tantas verdades incongruentes se confrontando dentro de mim. Quando era bem pequena, lá pelos cinco, recordo-me de minha mãe dizendo, a incoerência é uma categoria lógica, minha filha — começo a perceber que talvez a frase incompreensível de outrora fosse uma espécie de alerta para o que estava por vir. Mamãe sabia. Fruto de quem era, eu não sairia muito linear no jeito de levar as coisas. Não sou certinha, não sou calma, não penso uma coisa só, o sangue me corre quente, sou da briga e quero brincar, dou risada alto, falo baixo, tenho explosões de alegria e fico muito, muito triste. Mas não me faço de coitadinha e não choro à toa ou por falta de coragem. As lágrimas pra mim foram um aprendizado, e se hoje elas me vêm é sempre em momentos em que tudo está de tal forma genuíno que não há como não se comover. Muitas vezes tenho dificuldade de chorar pra novela, as situações não me parecem à altura de uma manifestação tão especial. Recentemente, porém, fiz Maria numa encenação da Paixão de Cristo. Ali no interior do Pernambuco, no meio da seca e do nada, a figuração, que, como Maria, seguia Jesus pelo imenso teatro ao ar livre, era toda colhida das redondezas. Eu olhava em volta aquela gente que também não aprendera a chorar, e noite após noite me escorriam cataratas seculares — chorei de inundar o solo do sertão. Só eu sei onde vou cavar minhas lágrimas e no que preciso chafurdar para que elas venham verdadeiras. Passei anos trancada num lugar sem sentimentos que inventei para sobreviver. Eu tinha 12 quando minha mãe morreu e o mundo se desfez. Meu pai, que a matou no auge de um ódio pelo amor que sentia, foi cuidar de si. Meu irmão mais velho, que já havia se afastado de casa onde as coisas não andavam mesmo muito divertidas, só dava notícias de seis em seis meses. Ficou um irmão pequeno de sete anos — minha família — pra cuidar. Como o mar não estava pra peixe, resolvi submergir para águas profundas onde ninguém me veria rearrumar o caos que se instalara por dentro e por fora de tudo — e por ali fui levando enquanto a vida seguia como dava. Então, quando lá pelos vinte e poucos, um belo dia me peguei comovida com algo banal, e depois com um fato nada dramático, e em seguida com a desventura de um amigo, percebi que alguma coisa mudava sensivelmente dentro de mim, algo se abria e me aliviava. E aquilo tinha a ver com a atriz que me tornara e que só então começava a ser levada a sério. Porque nunca achei que fosse de fato fazer uma vida disso, relutei e tive preconceitos com a atividade que não parecia trabalho de gente séria. Mas fui tomando prazer no negócio, e hoje, agradecida ao destino que me colocou aqui, reconheço que foi a atriz que me salvou de uma vida na aridez sentimental. Como tinha a desculpa da personagem, podia sofrer, sentir saudade, euforia, inveja, dor, porque não era eu, mas ela quem se permitia *essas bobagens*. E, assim enganando-me, deixei de ser uma pessoa assustada e defendida, para aprender que não se morre de intensidade. Morre-se, ao contrário, pelo embrutecimento. Deve ser por isso que hoje a medida das coisas muitas vezes me escapa. Quando a gente perde a delicadeza de se deixar mobilizar pelo entorno e recupera isso depois, o valor dos sentimentos se eleva. E pega-se gosto na brincadeira — já que não mata, quero despencar em vertigem de dor até o fundo do poço, e quero subir gargalhando até o infinito supremo, e quero me largar nesse amor feito uma canoa no mar, e quero e quero e quero mais. O sentimento intenso te bota no presente com a força de um soco cósmico. É o nirvana, o *samadhi*, um estado sublime que arranca a gente do todo pra jogar lá dentro do ser. Quando o mundo fica bobo, não é nada mal se entregar assim. Sensações podem ser prazerosas ou ruins e fazem a gente palpitar, mas elas vêm de fora, e por isso os sentimentos a meu ver lhes são superiores, brotam por dentro, e não há um igual a outro.

* * *

Já foi bem mais complicado, mas ainda hoje um almoço na minha casa será, no mínimo, uma experiência exótica. Durante anos li tudo que me passou nas mãos sobre alimentação, tinha obsessão pelo assunto, e pela saúde que verteria de um cardápio equilibrado. Ainda tenho. Sou uma espécie de bicho-grilo que gosta de papo esotérico, pratica formas de ioga, visita países remotos e se alimenta de um jeito impossível. O resultado é que nunca sinto dores de cabeça, não sofro de insônia, não tenho cólicas menstruais e acordo com o humor excelente. Há exceções, claro. Esta mulher ultra-saudável habita minha face solar; existem porém outras criaturas servindo-se deste corpo. No período das drogas experimentei todas as que me passaram na frente — ácido não, porque inculquei lá no começo que me traria filhos defeituosos, mas cogumelos, muitos. Um dia tomei horror a tudo que me rouba a saúde (e de quebra a elegância), mas, como a evolução se dá a passos lentos, ainda gosto de beber. Gosto mais do que devia, e bebo mal. Não paro na hora certa e amo a sensação de estar com o pensador anestesiado e os sensores aflorados. Agressiva não fico, o que me bate é uma alegria esfuziante e totalmente fora de tom para mulher da minha idade. Além do mais, se bebo um pouco, fumo cigarros, que já larguei há muitos anos e que me destroçam o corpo no dia seguinte. São deslizes das faces sombrias. Ainda bem que as sombras tendem a ser dóceis e aceitam limites com facilidade. Agora por exemplo o departamento álcool/tabaco está interditado — fiz promessa de seis meses que cumprirei como cumpri outras, benzadeus. Quando penso em como as drogas, legalizadas ou não, deixam a gente boba e previsível, fico com raiva de ter um lado vulnerável a elas.

Corro o risco, nessas revelações, de aniquilar uma imagem construída com anos de alfafa e ioga. Mas este é um relato sobre contradições, e a verdade é que não fosse eu uma compulsiva por saúde, com a vida que me deram, e gostando como gosto, é bem provável que já tivesse me tornado alcoólatra. A virtude não está em não ter as deficiências, mas em querer domesticá-las.

Antes de saltarmos de pára-quedas, minha filha e eu, olhando embaixo a terra redonda ali da porta do avião, paralisadas, ouvimos de um instrutor:

"Corajoso não é o que não tem medo, corajoso é quem tem medo e pula. O outro é um irresponsável."

E nós pulamos.

Neste mundo não há saída: há os que assistem, entediados, ao tempo passar da janela, e há os afoitos, que agarram a vida pelos colarinhos.

Carimbada de hematomas, reconheço, sou do segundo time.

Na história de minha família errou-se muito por não se medir a conseqüência dos atos. Grandes sofrimentos surtiram por não sabermos conter ímpetos vorazes. Posso afirmar, entretanto, que vivi cercada de uma gente de verdade, interessada em sorver a essência das coisas — na minha família pulsa a integridade até na gota do sangue vertido com a morte, é uma questão de temperamento.

Então não me chicoteio por meus atos de insensatez. E voltando às drogas, devo dizer que dei sorte de não ter sido consumida por elas. Morava em Campinas, e estávamos influenciados pelo movimento *hippie*, com sua onda de paz e amor. As drogas naquela época não tinham a conotação pesada que têm hoje, e não conhecíamos suas conseqüências mais sinistras. Fumava-se maconha no campo de noite enluarada, contando estrelas cadentes e tocando Joan Baez no violão. Quando chovia a gente voltava pras campinas pra catar cogumelos. Tinham de ser do tipo que brotava em cima da bosta da vaca, e com a parte côncava escura, porque os outros eram venenosos. Ficava-se por ali mesmo, no pasto, comendo aquelas coisas horrendas na espera de uma *trip* psicodélica. Um dia, cansada da onda, resolvi tentar a cidade pra me livrar da maluquice que já durava dez horas. Achei que num contexto urbano a cabeça voltaria mais facilmente pro lugar, e convenci meus amigos a assistirmos *O grande Gatsby*. Foi o filme mais complicado de minha vida. Se você também acha a Mia Farrow esquisita, não imagina o que acontece com a criatura quando a gente está com a cabeça entupida de cogumelos! Além do mais, como as cenas não se juntavam numa história com nexo, desandei a fazer considerações sobre tudo e falei tanto e sem parar, que se formou uma ilha no cinema, com nosso bando rodeado de cadeiras vazias por todos os lados.

Outra vez viajando com R., o namorado, e mais cinco rapazes, chegamos ao Chile do General Pinochet. Vínhamos da Bolívia, cuja fama no tocante às drogas já era o que se conhece hoje, e aquele bando de cabeludos adolescentes não representava exatamente o que o país dos carabineiros, com toque de recolher às 11 da noite, queria ver cruzando suas fronteiras. Não houve dúvidas, os meninos distribuíram a muambada por dentro de minha roupa, e lá fui eu, com esta cara de santa que Deus me deu, atravessar a aduana, acompanhada apenas de um heroísmo irresponsável que só é possível aos 16 anos. Já em Santiago, assistindo a *Laranja mecânica*, do Kubrick, a polícia entrou no cinema quebrando tudo. Meus amigos carregavam maconha, mas R. e eu não levávamos nada. Por medo de sermos pegos junto com os outros e jogados nas masmorras do autoritarismo, evaporamos em minutos, perdendo nosso grupo pelo resto da viagem. Já no Brasil, tempos depois, revimo-nos para compartilhar histórias. Ninguém havia sido preso. A culpa faz a gente pensar que todo mundo está olhando nossos pecados, mas na verdade, naquele momento, naquele país, ninguém estava preocupado com um bando de crianças bem-nascidas e seu punhadinho de fumaça no bolso. Queriam prender ideais.

* * *

Sexo é um negócio sobrestimado pra caramba. Nas temporadas de seca a experiência me mostrou que dá pra passar sem, e com alta qualidade de paz. Não acho realmente que seja isso tudo que as pessoas proclamam. É bom, mas não é imprescindível. Uma amiga que herdei de minha mãe afirma que só agora, tendo se livrado de uma vida sexual animada, tem tempo pras coisas de que realmente sempre gostou: ler os livros que se empilharam ao longo dos anos, estar com os amigos desinteressadamente, jogar conversa fora, aprofundar assuntos, pintar, ser carinhosa pela delícia de trocar carícias e nada mais... A gente gasta um tempo danado seduzindo os outros. É uma espécie de vício que se aprende quando criança e que vamos sofisticando ao longo da vida. Verdade que nem sempre resulta em sexo, e muitas vezes nem é por ele que seduzimos, mas para sermos apreciados no que quer que seja. Na classe artística por onde ando, a coisa chega a níveis patéticos. Tenho colegas que não se desligam. Chegam no estúdio e seduzem as camareiras, os maquiadores, a moça do café, contam histórias (com muitos casos pessoais), sapateiam e demonstram um amor esfuziante por qualquer criatura que os adule às sete da manhã. Passam o dia assim entre o personagem de cena e o outro, dos corredores. E a coisa não pára aí, a dobradinha autofascínio/devoção ao próximo depois segue pelas ruas, pelas festas e por qualquer lugar onde haja pessoas prontas a lhes ceder a atenção. A que horas, Santa Virgem, essa gente descansa de si? Devem precisar de barbitúricos fortíssimos pra conseguir sossegar de noite. Não é fácil a vida de um sedutor...

Às vezes, ultrapassando os limites do exibicionismo, a pessoa se dá sexualmente. E não é porque esteja de fato interessada naquele tesão nem tão tesudo à sua frente, mas porque precisa demonstrar e reafirmar para si própria o ardente animal sexual que a habita. Confesso que já me vi em situação semelhante, mas antecipo que, se hoje gosto bastante do assunto, e por isso o trato com cuidado e respeito, nem sempre o envolvimento sexual foi algo assim tão tranqüilo, ou prazeroso, para mim.

Deixei de ser virgem aos 16 anos, e já se ia um ano de não-não-não, agora para ai-ai-ai-chega. Ou seja, R. e eu dormíamos juntos e fazíamos tudo que se faz nessas situações, menos aquilo. O rapaz já estava doido, quando um belo dia, em Aracaju, no quarto desconhecido de um sujeito que nos dera carona, sem mais nem menos eu disse, “vai né...”. E ele foi. Imediatamente! Após um ano de esfregação, não havia mesmo tempo a perder. Só que naquele momento meu entendimento foi outro.

— Quer dizer que esperei esse tempo todo por isso, esse fiasco? Não quero mais.

Era uma viagem pelo Nordeste. Pegáramos um barco em Pirapora, Minas Gerais, e subimos o São Francisco (tecnicamente o rio está descendo) até Juazeiro na Bahia. Viagem linda, noites na rede, conforto 2, esplendor 10. De Juazeiro rumamos pro litoral e, por estarmos de carona, mochila nas costas, com tudo leve incluindo o espírito, íamos parando onde dava na telha. Aí aconteceu o trelelê lá na Paraíba. Não me lembro se mantive meu propósito de não fazer mais aquilo, acho que não, de qualquer forma, pra encurtar, chegamos ao Rio Grande do Norte, onde um casal de meia-idade nos apanhou na estrada em direção a Natal. Conversa vai conversa vem, lá pelas tantas a mulher percebeu que eu estava ficando verde:

— Quantos anos você tem, filha?

— Dezesseis.

— E qual a sua relação com este rapaz?

— Ah, é uma relação assim, ahn... uma relação mesmo.

— Você está grávida, meu bem.

— Grávida?!

Eu havia emprenhado da primeira trepada de minha vida. Uma trepada de um segundo!

A mulher do carro nos deu o endereço de sua ginecologista em Fortaleza, onde o casal morava e pra onde nós rumávamos. Assim, apressamos o passo e, chegando à cidade, marcamos consulta com a médica. Pra nosso desconsolo, os prognósticos se confirmaram. Com o endereço de uma parteira nas mãos, a sós naquele lugar estranho, tínhamos um ao outro, e um problema a resolver. Acontece que R. vinha de uma família de médicos renomados, e a idéia de um aborto no fim do mundo assustava — o Ceará não parecia um lugar indicado para intervenções cirúrgicas irregulares. Categórico em não permitir que aquilo fosse feito por uma pessoa qualquer, R., com sua firmeza naquele momento, talvez tenha me salvado a vida. Voltamos então à médica e a convencemos a fazer o que de hábito não faria. E eu tinha outro motivo que expliquei a ela. Meu pai era um homem bom que havia cometido um erro irreversível pelo qual respondia a um processo criminal. Eu era sua principal testemunha. Não podia chegar na minha cidade com um bebê na barriga sob pena de não servir mais para sua defesa. Era por isso, e só por isso, na verdade, que ela precisava nos ajudar. Ela entendeu.

Com o dinheiro que nos sobrou depois do aborto, o único quarto decente que deu para alugar ficava num puteiro. Não era um puteiro, digamos, oficial, mas era um prédio onde moravam só "moças da vida" e outros trabalhadores da noite. Foi o que de melhor poderia ter-nos acontecido. As putas, atraídas por aquele casal de crianças que não pertencia ao lugar, foram se chegando curiosas, e, antes que me desse conta, estava tomando sopinha na boca feita pela vizinha do lado. No prédio o interesse foi crescendo, e houve dias em que R. ia à praia sem culpa, me deixando no quartinho rodeada de amigas e de conselhos pro futuro. Meu restabelecimento durou uma semana, e tudo teria sido bem mais traumático não fossem o carinho e a leveza com que aquelas puta-mulheres trataram o nosso momento.

Por menos dramático, um aborto na primeira vez não deixa a gente de boa vontade com o assunto. O fato de minha mãe ter perdido a vida num crime relacionado à traição sexual também não me ajudou a enxergar os aspectos positivos do sexo. Minha internação, após o crime, num pensionato de missionários luteranos com rígidas noções de pecado, também não contribuiu. E para arrematar, depois de três anos com os luteranos, fui parar na casa de um padre, uma torre ao lado da sacristia, onde vivi por um ano. Um dia, estávamos R. e eu no não-não-não em cima do sofá da sala, quando o padre entrou e nos pegou num momento quase-sim. R., pálido feito um lençol, saiu tropeçando nas calças enquanto eu era arrastada por um religioso enfurecido até o centro da igreja, para ali, no meio daquela imensidão de eco, levar o maior sermão de minha vida.

— Por aquela sala passam o bispo e o arcebispo, o monsenhor... eu acolhi você com todo o amor, e é assim que você retribui? Com essa devassidãoãoãoão...?!

A coisa não acabava nunca. A cidade inteira devia estar ouvindo... pra me salvar da vergonha, só mesmo entrando pras carmelitas num voto de castidade perpétua. Ou será que enterrava uma cruz no peito e acabava com a humilhação?

Então, com todo esse elenco de contrariedades, não houve modo de encarar a prática sexual como "uma coisa bonita da natureza". Só fui conseguir achar graça na história lá pelos 25 — foi aí que comecei a sentir algum prazer, e com mínima regularidade. Antes disso, conto nos dedos as vezes em que cheguei ao clímax.

Lembro-me bem da primeira vez.

Eu era muito jovem e virgem. Havia um rapaz por quem nutria uma paixão escondida e atordoante, de passar horas sonhando romantismos. Um dia L. me convidou para ir ao cinema. Estávamos ali lado a lado sem encostar, fingindo que assistíamos ao filme, a sala escura, um frisson danado, e L. me pega a mão. Quase tive um treco, mas segurei a onda. Quando achei que estava de novo no comando de meu corpo, L. encostou minha mão na boca e começou a lamber os nós de meus dedos bem devagar, começando pelo mindinho. Aquilo foi me dando um desnorteio, passou-me um furacão por dentro, um maremoto, e para meu espanto, antes de chegarmos ao indicador, eu havia explodido em êxtase.

O impacto daquilo deve ter sido tão assustador que, depois, tudo se complicou, e até descomplicar-se de vez foram anos de frustração.

Práticas solitárias tampouco me encantam. Não as tendo descoberto na puberdade, até hoje não levo jeito pra coisa. Na minha primeira experiência profissional em cinema, havia uma cena de masturbação. O diretor, cheio de tatos, tentava me explicar o que fazer, mas, envergonhado, evitava uma abordagem explícita — falava por eufemismos supondo que eu saberia traduzir aquilo para um contexto sensual e fazer o que era preciso. Foi um sufoco. Mesmo tendo compreendido a mecânica do que me era pedido, eu não fazia idéia da intensidade com que deveria contorcer o corpo, nem com que ardor deveria arfar meus falsos suspiros. Por fim, e como não podia deixar de ser, a cena resultou numa belíssima porcaria.

Deitada num divã no auge da fama como sex symbol, eu lastimava a incompetência da psicanalista em conseguir impregnar também minha árida sexualidade com as indecências que povoavam o imaginário do povo em relação a minha figura pública. Eu queria provar daquilo que veneravam em mim e que me era tão raro experimentar de fato. O pior é que a médica me garantia que eu sentia plenamente, apenas esperava tanto da coisa que subestimava minhas próprias sensações. Conversa fiada. Hoje com a questão resolvida, sei bem a diferença entre fogos de artifício e as faíscas de outrora.

Aqui então, da mesma forma como me aconteceu com os sentimentos, algo que comumente surge de forma natural nos outros, chegou para mim como conquista tardia. A vantagem é que caminhos tortuosos sempre valorizam o ponto de chegada, e hoje, devo dizer, tiro bom proveito da descoberta. Mesmo assim, não considero sexo fundamental. Sexo é apenas delicioso.

* * *

Não sei o que faço aqui. Com quem estou falando? Por que essas revelações? Isso de passar a vida interpretando textos de outras criaturas vai abafando a própria voz. Encarnar a nórdica solitária, a grã-fina decadente e o pobretão mesquinho é catártico, porque o ator se joga na vida de outro com uma coragem que só o distanciamento interpretativo permite — só que o pensamento, as idéias, a história, foram inventados por um autor que pode ter vivido há milênios, há duzentos anos, ou ontem, e que tem questões diferentes das nossas. E o público, toda gente, vai se relacionando com o ator a partir desse material que não constitui a sua pessoa. Relacionam-se com o que lêem nas revistas e nos jornais. Mas os jornais não gostam de gente normal. Eles não falam do palestino moderado que tem uma vida caseira e quer paz para os seus, falam do homem-bomba que se explode para matar dezenas de outras pessoas. A imprensa gosta da Liza Minelli em seus declínios, do Hugh Grant e seu boquete, do cantor Belo nos porões da dependência química. A imprensa precisa de notícias sangrentas e escandalosas. Da mesma forma, ela não se interessa por mim porque eu não sou um símbolo sexual, não sou uma devoradora de homens, não sou uma diva olímpica de alma gelada e não sou superpoderosa. Esses estereótipos vivem nas folhas da revista e no faz-de-conta. Eu mesma, no íntimo, sou bastante comum.

Talvez esteja tentando construir uma ponte mais sólida entre mim e as pessoas porque preciso me comunicar para sair do isolamento onde me enfiei para me proteger, ora... da solidão. Escrevo contra a solidão.

E quando eu derramar aqui toda intimidade, com a lista exposta a minha frente nessa associação livre, talvez a vida se revele dando algum sentido à caminhada, e quem sabe então eu esteja pronta para escrever num formato que disfarce melhor o fato de ainda então continuar falando de mim. Quando tiver me livrado de mim, talvez eu consiga escrever sobre os não-mim que há em mim e por toda parte. Não que considere isso que faço agora menor do que aquilo que farei quando puder fazê-lo. Não será tão complicado narrar na terceira pessoa, inventar lugares e dar nomes fictícios aos personagens da história que inventarei. Não será impossível fazer as coisas se eu respeitar agora esta ordem estranha que se impõe na tela do computador.

A menina entrou no quarto da mãe sem bater. Naquela casa não se fazia assim, mas com as coisas viradas do avesso as regras de civilidade despencavam. De início assustou-se por invadir tanta intimidade, depois, como freqüentemente acontece quando há muito em jogo, anestesiou-se. Ficou olhando aquilo, alheia a si mesma, vazia por um instante. Contemplava os amantes em seu sono inconseqüente quando alguém chacoalhou seu ombro e resmungou qualquer coisa entre dentes.

Olhou para trás e viu o irmão mais velho. Seus olhos focados na cena do quarto, ferviam.

— Será que você entendeu agora?

E ajustando a raiva ao objeto:

— Entendeu que a mamãe é uma puta?

— Cala a boca, Tuco.

Por que o irmão não voltava para o desaparecimento de onde ressurgira tão inoportunamente? Tuco andava distante, havia fugido pra casa da noiva, uma moça vesga que o roubara do convívio com a família, e dela. Não estivera ali naqueles tempos traiçoeiros em que os pais, Consuelo e Carlos, cediam em estatura para heróis menos complexos — justo ele, seu herói mais confiável, não esteve ali para explicar as mudanças do mundo enquanto o mundo se partia em antes e depois. Agora a mãe dormia abraçada com um francês clandestino na cama que era de seu pai, e diante daquela imagem que ela teria escondido de todos e de si própria, não fosse a presença delatora do irmão, nem importava mais se ele fosse embora ou ficasse.

Tudo vinha se modificando sem aviso, sem conversas, sem motivos. Algo secreto se escondia nos desvios do caminho, e ela sentia vergonha do andar escondido das coisas, sentia vergonha da mãe, do amigo que era amante, do pai que sumira, e de ir pra escola de manhã levando segredos na lancheira.

Não bastassem os desconfortos de fora, aos 12 anos a menina tinha vergonha do próprio corpo, que também se alterava sem aviso e sem motivos. Nasciam-lhe pêlos horrendos. De noite, quando deitava de bruços, seus peitos doíam, e de dia as bolotas minúsculas apontavam por debaixo da blusa para todo mundo ver. Se servissem pra alguma coisa como a mão, ou o pé, ou a dobra do cotovelo, mas só prestavam para impedi-la de matar uma bola no peito como sempre fizera, melhor que qualquer garoto nos jogos de futebol do campo ao lado de casa. Agora também não podia atravessar a casa para pegar roupa na lavanderia do outro lado; só vestida, nua com seu novo corpo esquisito, tinha vergonha. Sonhava em ter uma gruta como a do Zorro para esconder-se do tempo. Ficaria ali até que ele se esquecesse dela e, assim, deixasse que tudo voltasse para o lugar certo, como era antes quando o tempo escoava parado e que tudo era bom e igual, em seu corpo, no mundo, no quarto da mãe...

A menina olhou de novo na direção do irmão. Queria abraçá-lo agora, sentira tanto a sua falta nos últimos meses. Mas Tuco havia partido silenciosamente como chegara. Ela fechou a porta do quarto onde os amantes continuavam imperturbáveis e caminhou alguns passos até seu próprio quarto. Fechou essa porta também e chorou.

Minha mãe foi uma mulher extraordinária. Era alegre, vibrante, gostava de brincar, dançar, falar, e era muitíssimo inteligente. Não conheço uma pessoa que a tenha conhecido que não se recorde dela com entusiasmo. Margot era professora de filosofia, e seus alunos viviam passando lá em casa para estar com ela também no dia-a-dia. Mais tarde, acumulou a função de secretária de Cultura de Campinas, onde vivíamos, e com isso nossa casa virou palco para ensaios de ópera, da orquestra municipal, e para toda manifestação artística que estivesse precisando de espaço. A casa era grande, e assim foi virando uma espécie de depósito das obras de arte que aguardavam exposições — eram telas e esculturas de toda sorte encostadas pelas paredes das salas e dos quartos. Lembro-me de um galo de ferro esquisitíssimo que passou um par de meses ciscando pela cozinha. Peças estranhas era o que mais havia, e eram essas que mais me chamavam a atenção. Eu parava diante delas por dias, até que se tornassem bonitas, ou feias — em geral o processo demorava para acontecer dentro de mim, e eu gostava de sentir a evolução, como se a própria peça estivesse, fisicamente, se transformando na minha frente. Por conta desse contato, resolvi pintar. Margot me deu uma caixa com tintas a óleo e várias telas. Pintei, pintei, pintei, e pedi outras telas, mas ela sugeriu que eu improvisasse com novos materiais. Quando acabaram-se os troncos do jardim, as cartolinas e as caixas de papelão, decidi, de pirraça, pintar a parede do quarto. Fiz um troço feio, em relevo, roxo e preto, e levei minha mãe para ver. Ela examinou aquilo em silêncio por alguns minutos e com a voz mais tranqüila do mundo disse:

— Há muito tempo não vejo coisa tão bonita!

Tive de conviver com aquele pavor por uns bons meses. As telas só vieram depois.

No meio da sala de estar de nossa casa havia um piano de cauda alemão. Marrom-escuro, de verniz fosco, era imponente e lindo. Costumava ficar aberto. Minha mãe e aquele piano tinham uma relação simbiótica, e era magnífico vê-la de olhos fechados com o corpo balançando ao dedilhar de Haendel, Bach, Mozart, Chopin, Debussy... Lembro-me de cada detalhe de sua mão quando tocava, das veias saltadas, das unhas bem-cortadas, dos nós fortes nos dedos, que eram longos e belos como os de mais ninguém. Já gostei de algumas pessoas só por terem as mãos parecidas com as de minha mãe. A atriz Ana Lúcia Torre, por exemplo, não fosse a mulher esplêndida que é, eu a amaria por suas mãos. Minha mãe passava tardes inteiras num transe sonoro sem que nada do mundo a pudesse perturbar. Tenho certeza de que naqueles momentos ela atingia a plenitude, e, se fosse possível comparar, diria que ela amava mais aquele instrumento do que nós a sua volta. Na semana que antecedeu sua morte, meu pai, para machucá-la, cortou todas as cordas do piano com uma tesoura de jardim. Minha mãe começou a morrer ali.

Meu pai, Eduardo, era um homem sério, de princípios éticos inabaláveis. Era honestíssimo, disciplinado, trabalhador, e, se pudesse, reformaria o mundo. Escrevia cartas para os jornais manifestando sua indignação sobre quase tudo. Lembro-me de um artigo publicado no jornal *O Estado de S.Paulo*, em que esbravejava contra a falta de soro antiofídico nos hospitais públicos das cidades interioranas. Era de rolar de rir, pois sim, o homem possuía humor: ácido e cáustico como seu temperamento.

Meu pai amava minha mãe, em seguida ele amava a família, e logo ali, juntinho, Eduardo amava as regras que impunha a si mesmo, mas também, e sobretudo, a nós pobres coitados que o seguíamos. Em nossa casa criança tinha hora para dormir e para acordar e para o jantar em família, e as refeições eram um verdadeiro suplício de ensinamentos e bons modos. Como eu não aprendia a me comportar, papai inventou uma outra menina, educada e gentil, para ser acionada nos momentos em torno da mesa. Chamava-se Maítera, e, ao contrário da Maitê, era cordata, falava baixo, comia com os talheres certos e engolia tudo que colocassem em seu prato — uma flor de criança, totalmente diferente da outra, "aquela descontrolada". Maítera "baixava" através de comandos mágicos proferidos por meu pai e fazia tanto sucesso que a Maitê ali, invisível e acanhada, demorava um bom tempo depois para ter coragem de pegar o corpo de volta e ir dormir, insignificante. De lá pra cá, a duplicidade foi crescendo dentro de mim, e deve ser por isso que virei um emaranhado de duplas criaturas. Culpa de meu pai. Mas eu o perdôo, porque apesar de tudo, apesar da rigidez, ele era um homem que tocava flauta transversa, jogava tênis com os amigos, fazia mágicas incríveis e contava lindas histórias para eu dormir — meu pai era um homem bom. E acho que, tendo nos feito muito mal com seus atos de loucura, e a si próprio também, em algum momento da vida ele foi inocente e feliz. Quando se casou com minha mãe, apaixonado e entregue, ali, certamente, Eduardo apostava no futuro e tinha a generosidade dos que acreditam. No início de carreira, quando ainda era promotor público em Ubatuba, um dia apareceu em seu escritório um servente de pedreiro com oito crianças. Havia perdido a mulher e, sem condições de criar a filharada, queria que o doutor ajudasse a distribuí-las. Meu pai apontou para um moleque de sete anos e disse:

— Pra começar, fico com aquele ali.

Quando nasci, Zuza já morava lá em casa, e foi muito bom ter aquele irmão caiçara, esperto e descolado, que sabia tudo do mar e da terra, ou pelo menos tudo que realmente importava. Zuza me ensinou a atirar de estilingue, a fazer balão de São João, a caçar caranguejo no mangue e a soltar pipa melhor que todo mundo. Em casa a gente confeccionava pipas de papel de seda colorido, mas quando um dia meu pai chegou com um papagaio de pano vermelho, deslumbrante e único, só mesmo Zuza para fazer aquele troço pesado subir sem vento. Zuza era meu ídolo.

Depois que minha mãe se foi, ele mudou-se para a casa da noiva, foi sumindo de nosso convívio, e na vida adulta praticamente não o vi mais. Quando meu pai se matou, realizando um desejo antigo, eu estava no velório ao lado do caixão, quando, de repente, levantei a cabeça e vi o Zuza ali no meio das pessoas, olhando pra mim. Fui até ele, dei um longo abraço, ele me olhou com os olhos sangrando, não se agüentou e foi embora. Seis meses depois ele morreu também, e foi de beber. Mas foi de tristeza. No dia de sua morte, passei algumas horas com ele revendo fotos de momentos felizes da nossa infância. Ele apontava as pessoas e, contente com a lembrança, balbuciava os nomes de uma gente que estava no papel e de quem eu nem me recordava mais. Lá pelas tantas, do nada, Zuza começou a ver seres sem cabeça no fundo do quarto da UTI. Eu não sei se era delírio ou se os espíritos estavam de fato lá, não importa, ele os via e eu não estava ali para discutir, mas para oferecer conforto. Então comecei a rezar todos os pai-nossos e ave-marias que a fé me mandou, e fui de encontro às paredes gritando ordens de expulsão em nome de Deus, e com a autoridade do amor que sempre houve no meu coração fui mandando embora todo mal que pudesse estar ali rondando, até que sobrassem só luz e paz. Quando aquilo acabou, Zuza dormiu tranqüilo. E nunca mais acordou.

De minha família íntima sobrou o irmão menor. Está vivo graças a Deus e à coragem que nele é muita, e que o fez superar enormes tormentas. Não entrarei em detalhes porque ele não vai gostar que eu exponha sua vida assim. Só digo que tem uma inteligência radiante, que é gentil e sensível, e que, após anos de um sofrimento que quase lhe custou a vida, hoje está em paz. É bom dizer também que nos gostamos imensamente.

* * *

Eu me apaixonei por um homem com voz de madeira e olhos que enxergam pássaros a distância. Foi na varanda de sua casa na África, à beira de um lago com patos selvagens. Ele falava de pedras arcaicas, mosaicos romanos em quebra-cabeça, da caça do dia e do outro dia, de aborígines no deserto, de zepelins sobrevoando oceanos. E eu olhava os bichos pastando e o verde e o verde e o verde.

Ele foi contando histórias... eu respondia qualquer coisa só para o tempo encompridar. De noite nós partimos dali porque eu já não podia ficar, nem ele. Chovia, e era bom, e era confortável estar ao lado daquele homem. Hospedamo-nos num castelo de pedras para poder conversar mais, e, quando nos cansamos de tentar ficar íntimos de uma vez só, fizemos amor com urgência, porque assim tinha de ser. Ele dormiu como fazem os homens depois dessas coisas, e eu fiquei sonhando acordada porque o vinho e as emoções misturadas não me deixaram pregar o olho. Enquanto amanhecia eu pensava que, se um dia for criar galinhas, elas serão d'angola, pintadas, como gosta o homem da voz de madeira que tem uma pena guardada na estante da sala. E eu o convidarei para criar cabras no meu jardim do Burle Marx, ou na terra dele, se assim preferir. E o convívio com esse homem será leve e cheio de risos como eu preciso, e será triste também, como ele precisa. E será sempre confortável como estar só — mas estando juntos.

Apaixonei-me muitas vezes. Só sei viver um amor se antes passar pela cegueira da paixão. Não entregaria minha vida a outro de caso pensado, sou defendida e controladora demais. É da natureza dos que foram abandonados. Qualquer menino de rua é metido a mandão, com a diferença de que este tem o discernimento endurecido pela cola de sapateiro, enquanto eu mantenho sempre os sentidos atentos para não permitir que alguém venha assaltar minhas fragilidades. Ou seja, pelo intelecto a coisa não vai. Só mesmo a paixão, que é do reino da loucura, me põe entregue e besta, com as patas arriadas no chão. E eis a contradição outra vez: nada me descansa mais que um amor insensato — quanta paz e conforto há naquele punhado de instantes em que se vislumbra o paraíso!

A paixão mais grave que me aconteceu arrebatou-me aos vinte anos. Havia sofrido um acidente de carro que me botou de cadeira de rodas, de muletas, bengala, e, por fim, manca — nessa ordem. A. adentrou minha vida na etapa das muletas e pela porta de meu quarto. Estava sentada na cama como fazia a maior parte do tempo naqueles dias de desconforto quando A. surgiu trazido por um amigo comum. Num cruzar de olhos o ar se aqueceu, os sinos tocaram, o mundo apagou e nós nos apaixonamos com loucura e devaneio. Durante minha recuperação física, fui com A. para a fazenda onde ele morava sozinho, e lá ficamos, protegidos do mundo e vivendo de amor. A vida era perfeita até o dia em que tive de voltar para o Rio de Janeiro e para a carreira de atriz recém-iniciada porém interrompida pelo acidente que me escangalhara os ossos por um ano. Milhares de quilômetros entre nós, a falta de dinheiro para ir e vir, a ausência de elos entre meu mundo urbano e o dele de fazendeiro acabaram por nos separar. Mas o destino não quis um afastamento definitivo, e por vinte e cinco anos nos vimos de forma intermitente, e algumas vezes nos amamos. Um dia, mais recentemente, A. me convidou para passarmos o Natal na praia, e eu aceitei. Nossos filhos foram conosco, e os dias foram 15. No meio daquilo meu amor ressurgiu feito um vulcão. Com A. aconteceu o mesmo. Não havia limites para o que sentíamos, e assim tudo recomeçou como se nunca tivesse deixado de ser. Por um ano fui a mulher mais feliz do universo, o homem perfeito me amava acima de todas as coisas, e para mim não havia pensamento que não fosse a nossa história. Eu teria amputado um braço para que aquilo durasse para sempre, mas, por algum mistério que não consigo desvendar, quatro anos se passaram e nossa história acabou.

Ao longo da vida eu tive motivos, mas nunca, nunca, desejei a morte. Entretanto, enquanto A. me abandonava aos poucos (e eu percebia aos montes), por muitos meses a morte me pareceu encantadora.

Não sou uma pessoa infeliz. Em momento algum as tristezas me imobilizaram, e não foi por coragem que isso se deu, mas por temperamento. Há nos meus interiores um entusiasmo indelével que me move. Se estou às portas do abismo, de dentro sobe um fogo que queima os nós da garganta, devolve-me a respiração e a voz, e por fim brota em mim uma vigorosa curiosidade por todas as coisas.

Assim tem sido.

Não acho a vida difícil, apenas repetitiva, e às vezes me cansa nadar contra correntes sempre tão semelhantes, ou atravessar as marolas que ondulam a todo momento e que por serem diminutas nem servem para evoluir o espírito. Enfim, deve ser por isso que um dia escolhi a arte como expressão — nela há espaço para enfrentar a mesmice — quando a gente se dá conta de que tem singularidades indisfarçáveis, com sorte nesse meio, a coisa pode virar motivo de apreço em vez de provocar incômodos. Artistas são um bando de ególatras com o pensamento livre, que desejam reinventar o modo de fazer as coisas. Estar cercada disso é fascinante, só não é simples. Somos uma gente que orbita os extremos, e se, por um lado, nossas excentricidades pessoais nos tornam generosos com extravagâncias alheias, por outro, na hora de compartilhar as atenções do mundo, por exemplo, competimos até sangrar as relações. Por muito pouco viramos bichos famintos e desagradáveis. A sociedade sabe disso, e, apesar de nos tolerar pelo charme enviesado, mantém-nos cuidadosamente afastados da gente de bem. Nosso gueto de narcisos só tem glamour quando enquadrado pela lente das câmeras, e fazer parte disso sem que se possa tirar férias é bastante cansativo.

De uns tempos para cá tenho sentido necessidade de reclusão. Passo dias sem sair de casa. Penso, leio, estudo, falo sozinha, e às vezes faço absolutamente nada. Esforço-me para não sentir culpa no ócio, e é uma delícia quando dá certo, mas em geral os momentos vazios são interrompidos muito antes do que gostaria.

Quero sentir as alegrias essenciais que outrora formavam a base do meu dia-a-dia. O bate-estaca do mundo não me motiva. Só tem graça o que mexe nas minhas profundezas, ou então que fique tudo quieto e calmo. Sinto saudades dos planaltos ondulados da cidade onde cresci. Eram intermináveis e desabavam no precipício da terra onde a vista nunca alcança e onde tudo é incomum, ou assim eu pensava, aos 15 anos, quando passava os dias subindo e descendo montanhas para descobrir o que havia atrás da paisagem. Eu sabia que haveria apenas outra montanha muito igual àquela em que me encontrava, mas nunca, naqueles dias da simplicidade, aquilo pareceu maçante ou repetitivo. Muitas vezes eu ia só, outras, com amigos que como eu adoravam aquilo. As caminhadas eram longas e só terminavam quando o sol se punha e não dava mais para enxergar as cores, nem os detalhes das coisas, e se viam apenas os contornos e sínteses do início da noite. Eram tão inebriantes os momentos que, em homenagem, nosso grupo aprendeu a falar num tupi-guarani particularíssimo, que era usado só ali, e apenas quando algo realmente merecesse ser mencionado. De resto permanecíamos calados, desvendando palmo a palmo aquela terra, e sorvendo a vida como se fosse um segredo. Pedalávamos até os arredores bucólicos da cidade, que em Campinas ficavam bem perto dos bairros, encostávamos as bicicletas em qualquer canto, e dali saíamos criando trilhas pelas fazendas, por dentro dos rios, das cachoeiras, subindo e descendo colinas, e parando nos casarões para tomar água e trocar prosa com um colono. Gente da roça fala pouco, mas diz uma imensidão: "tá frio, tô com fome, vai chover" — os sentimentos e tudo o que é da alma aparecem, escancarados, nas pausas das entrelinhas. Como diz um amigo, "pra bom... meia".

Tenho pregados na memória esses primeiros anos em busca das alegrias essenciais. A satisfação estava no percurso, e eu sempre soube que alcançar o topo da montanha para espiar o outro lado era apenas a motivação para seguir no caminho. Com o tempo meus caminhos foram se estendendo para outras cidades, outros estados, e então para outros países, em outros continentes... E assim, soprada no vento, fui trazida até aqui, até a vida que tenho hoje, com uma filha, um ex-marido, um namorado, alguns amigos, muitos conhecidos e um trabalho que faz com que todo mundo me olhe na rua sabendo quem sou. Não entendo como isso aconteceu. Entupi-me de responsabilidades intransferíveis e de amarras emocionais, possuo coisas caras que parecem imprescindíveis, desenvolvi hábitos e manias, e me vejo ancorada a uma situação que nunca busquei. O mais estranho é que, mesmo podendo, poucas vezes me desloco daqui. Decerto faço-o menos do que seria saudável. Com tanta gente presumindo coisas esdrúxulas a respeito daquela que é notória, tendo também a me confundir, e às vezes não sei bem se aquilo que penso é o meu próprio pensamento e se o que desejo é meu querer ou de outro. Tenho duas casas e nenhuma privacidade.

Quando saio à rua os olhares das pessoas roubam minha espontaneidade. Por mais que goste dos sorrisos que me lançam, o fato de saber que estou sendo observada me torna consciente daquilo que há de menos interessante em mim, minhas exterioridades, e nisso eu me perco da outra que estaria flanando e sorvendo o mundo, e devolvendo para ele o melhor de si. Estou contaminada pelas escolhas que fiz sem perceber, e que me enraízam em areias movediças.

Ao longo dos anos fui percebendo uma alternância entre momentos de grande ebulição e outros, mais longos, de calmaria. Dos meus vinte para cá, as ebulições têm ocupado em torno de três anos, aos quais se seguem outros dez de tranqüilidade. O que digo? Calmaria, tranqüilidade... não existe disso comigo. Se tudo estiver sobre rodas, me enfio numa Ong pela preservação dos chimpanzés na Malásia, arranjo um bando de crianças para acompanhar ao Butão, ou mergulho em alguma seita esotérica para descendentes do povo inca. No entanto, mesmo às voltas com experiências insólitas, o que ocorre nesses períodos mais estáveis é que ao longo deles dá-se uma espécie de destrinchamento daquilo que aconteceu nos anos da ebulição (que podem ser alegres ou tristes, não importa, são densos). O turbilhão vai se enfronhando por meus meandros e se integrando ali, até que, um dia, me dou conta de que fui imensamente modificada. E olhando para trás percebo que se passou um bom tempo, e que já não penso como pensava, não enxergo nas coisas as mesmas coisas, tenho outros interesses, possuo hábitos desconhecidos, e aprecio muitíssimo o que antes não me despertava a atenção. Foi desse jeito que a coisa se deu há três décadas quando voltei de uma longa viagem pelo mundo e que em seguida virei atriz, e aconteceu de novo aos trinta e poucos, com um mergulho na espiritualidade que desembocou no nascimento de minha filha, e agora outra vez, depois dos 45, quando tudo parecia sedimentado, e que de repente me rasgou um incômodo com a mesmice de tudo, bateu-me um fastio de mim, dos meus arredores, e nasceu um olhar exigente virado pro centro, que insiste em ter de volta aquilo que só foi natural aos 15. Minhas microquestões me empacam e eu preciso seguir, mas tenho que me livrar de mim pra voltar a mim. Cansei de minha desimportância, tenho enorme consciência dela. Sou de uma desimportância infinitesimal, e mesmo assim algo me move com fervor. Sinto-me como um navio repleto do lastro que serviu um dia mas que está hoje esquecido em seus porões, fazendo um peso incômodo. Ainda assim, sigo. As ondas batem forte contra os cascos, mas a embarcação segue — e vai em busca do sol. Onde estará?

Escrevo para que um dia, com tudo organizado, eu possa viver das possibilidades que hoje não enxergo, guiada apenas pela intuição. Estudo física quântica e vou me integrar, consciente, ao todo infinito do qual faço parte. Mas isso são outros quinhentos e fica para outra hora.

Escrever é prática escondida, solitária. Entre o ócio e a preguiça rumino idéias e invento casos que não me teriam ocorrido se o teclado não me puxasse os dedos. Sento em frente à tela e vou teclando meio sem rumo, colocando o que vem à cabeça... Tem a frase que já não cabe, mas, como gosto, não quero abrir mão. Dá-se aquele raciocínio gordo. Apago. Para ficar no papel eternizado é preciso depurar o pensamento até que ele pareça ter nascido ali — quando isso acontece o prazer é sublime. Quando não acontece, percebo e volto e volto ali e volto ali... Há ocasiões em que a solução só se apresenta depois da frase publicada, leite derramado, e ai que tormenta! A escritora espanhola Rosa Montero, em seu magnífico livro *A louca da casa*, compara a escrita à paixão: "Quando você se apaixona loucamente, está tão cheio de vida que a morte não existe. Amando você é eterno. Da mesma maneira, quando está escrevendo um romance, nos momentos de graça da criação do livro, sente-se tão impregnado da vida dessas criaturas imaginárias que, para você, não existe o tempo, nem a decadência, nem a sua própria imortalidade. Você também é eterno ao inventar histórias." E Rosa conclui dizendo: "A gente sempre escreve contra a morte."

Pois eu comecei a escrever para espantar a morte de um amor. A tristeza era tanta e o buraco tão fundo, que precisei cavar um lugar menos sombrio para enterrar as feridas formadas no dia-a-dia incandescente daquele amor perdido. Como minha profissão de atriz era novamente um de nossos problemas, imaginei que pudesse, dessa vez, abandoná-la para viver com A. na fazenda dos nossos vinte anos. Voltaríamos para lá. Era um sonho dele que fiz meu para nunca mais ter de passar um dia separada daquele homem. Para manter-me ocupada, plantaria verduras orgânicas que depois seriam vendidas a restaurantes da capital. Faria isso no terreno que A. me cedeu ao lado de uma represa que existe naquelas terras. À tarde, das varandas da casa-grande, eu inventaria livros como este que escrevo agora, só que, em vez do mar que tenho à frente, a inspiração viria da mansidão das vacas, dos pastos e do horizonte, que lá na fazenda fica muito, muito distante.

Não aconteceu.

Nunca mais verei as tempestades tenebrosas que acendem o céu da montanha. Nunca mais escutarei os ventos que tombam árvores seculares, arrastam telhas, assustam cavalos e enchem a gente de uma força estranha. Não faz mal. Não sei o que A. aproveitou da nossa união de vinte e cinco anos, mas, afora as lembranças sem fim, eu ganhei para sempre essa vontade de despejar o mundo no papel. Descobri que existem histórias inesgotáveis brotando dentro de mim. Carrego-as para onde quiser, posso andar feito cigana sem pouso, porque a cada esquina do mundo a fonte só faz aumentar. A terra onde nascem minhas crias e frutos eu levo dentro, e o adubo que a fertiliza é toda coisa que existe em volta.

* * *

Todas as pessoas têm um lar ou um lugar no mundo onde se sentem integradas. Eu não. Já vi amigos descreverem "um bem-estar de útero" ao voltarem para casa de uma viagem longa, "um conforto de berço". Pois eu não sinto isso nem no apartamento do Rio onde vivo há vinte anos. E tampouco em Campinas e em Ubatuba, onde passei a infância, ou em Paris, onde vivi na adolescência e, livre, formulei opiniões apaixonadas. Já me senti mais em casa almoçando numa vila em Mianmar ou nos charcos gaúchos em cima de um cavalo do que andando pela cidade que escolhi para morar. Gosto do Rio, amo às vezes, mas não sou daqui, e não sou de canto algum.

É solitário viver assim.

É também libertador. A gente vaga pelas tribos sem pertencer a elas.

Criança, estudei numa escola onde eu era a única brasileira. Havia sul-africanos, ingleses, suíços, chineses, americanos... Gente igual a mim tinha pouca. Ingressei ali aos cinco, e logo de início percebi a diferença entre mim e aquela gente. Na minha lancheira havia bananas e sanduíches de queijo, enquanto as das outras crianças levavam chocolates milkyway, saquinhos de M&M e outras delícias que sequer existiam nas prateleiras de meu país. Naquela escola comiam-se importados e se falava inglês. Só inglês. Era vergonha não saber falar. Tratei de aprender o mais rápido possível para que parassem de me hostilizar — criança é bicho mau. Percebendo o que ocorria, Miss Yoder, a professora do primeiro ano, resolveu abrir mão de suas folgas de almoço para me ensinar o que faltava. Miss Yoder não falava português, tinha fama de severa e batia nos alunos desobedientes com uma régua grossa de uma jarda. Comigo, quis o destino que ela fosse gentil e generosa. Durante meses na hora do recreio, enquanto as outras crianças brincavam, nós sentávamos juntas na sala de aula vazia, para que eu aprendesse à perfeição tudo o que aquela mulher considerava necessário para alguém como eu estar ali de igual para igual. Miss Yoder me ensinou o inglês e, de quebra, a auto-estima. Será que aquela mulher dura, temida, de cabelo cinza sem tinta, solteira e sem filhos, teve, em algum momento, a dimensão do bem que fazia para toda a minha vida?

Tomara.

Com o inglês sob controle, fui esquecendo meu português de origem. Usava-o poucas horas do dia com meus pais, ou nos finais de semana no clube. E, quando aos 12 anos minha família se desintegrou e fui morar num pensionato para filhos de missionários americanos, passei a falar exclusivamente essa língua. Vivi assim, estrangeira em meu país, durante dez anos da infância.

Minha escola era uma antiga fazenda de café, colonial, linda e espaçosa, que funcionava em sistema de semi-internato. Os professores eram na maioria americanos que já haviam passado por instituições desse tipo em outros cantos do mundo — uma gente internacional, com a cabeça arejada e um despojamento saudável na hora de ensinar. Eram os melhores e mais bem pagos da América do Sul. Todos tinham formação acadêmica tradicional, mas, talvez por estarem tão distantes de tudo, ao chegar ali, um a um ia abandonando normas e costumes, para inventar um jeito próprio e mais estimulante de ensinar os alunos a gostar de aprender. E nós gostávamos. Ali não havia quem repetisse o ano, simplesmente não acontecia. Aprendi e retive mais para a vida — proporcionalmente — com o que assimilei na EAC do que nos três anos subseqüentes, quando resolvi ser "gente da minha terra" e completar o colegial em escola brasileira. Equivocada, fui parar num estabelecimento católico onde perdia meu tempo driblando informações insossas e aprendendo o inimaginável para quem vinha de onde eu vinha: a enrolação. Ali ou se levava o professor na conversa ou se colava para passar de ano. Fiz os dois. Passei, e poderia ter ficado condicionada à mentira, não fosse por minha formação anterior.

Na Escola Americana de Campinas havia mangueiras colossais formando parques de sombra e longos corredores de jabuticabeiras centenárias. E havia canteiros de bambus gigantes. Os gramados eram sem fim, com muitos campos para correr, brincar e jogar futebol, vôlei, basquete, beisebol, teather-ball, todo tipo de esporte. Com o espaço a nos seduzir, as aulas freqüentemente aconteciam fora das salas. Os arredores do colégio também eram seguros e despovoados, e, quando a matéria permitia, fazíamos vastas caminhadas de estudo prático com filosofia. Viagens e acampamentos eram comuns nos fins de semana, mas, quando não se viajava, muitas vezes havia atividades aos sábados ou domingos. E foi num dia de gincanas e competições esportivas, ao final de uma tarde ensolarada, que meu mundo desabou pela primeira vez.

A brisa soprava contínua.

Era o fim do primeiro semestre de meu sétimo ano escolar. Eu estava suada e vencida pela excitação e o cansaço físico. Como de hábito, havia me arranjado para ir embora de carona com a família de uma colega, vizinha de minha casa — meus pais não costumavam participar de eventos como os daquela tarde. Eu já estava instalada no banco de trás, quando o professor de história saiu esbaforido de dentro do prédio da diretoria e veio em nossa direção.

— Eu levo você. Venha comigo. Meu carro está mais vazio... Gostaria de conversar umas coisas. Venha.

A insistência era um tanto forçada e a situação também, pois aquele homem era um equânime. Impecável no trato com seus alunos, não costumava privilegiar nenhum com deferências especiais. Uma carona assim, a dois, teria sido motivo de ciúmes entre colegas, não fossem as circunstâncias que naquele instante só ele conhecia pelo telefonema que atendera minutos antes. Dos professores, Mr. Lawrence era o mais carismático. Era também o preferido da menina que aceitou a troca satisfeita e sem pensar. Ela não estava para muitas palavras naqueles dias e não chegou a notar que seu professor se debatia silencioso mas não encontrava um só assunto que pudesse se fazer apropriado naquele que lhe parecia ora o mais longo, ora o mais curto dos trajetos. Estava conduzindo uma criança de 12 anos em direção a um acontecimento para o qual nenhuma escola a havia preparado. Queria dizer algo surpreendente, definitivo, que pudesse torná-la imensamente forte e invulnerável às injustiças do mundo. Idealista, desejou dar sua melhor e derradeira aula, aquela que justificaria uma existência, explicando para si e para a menina a natureza de todas as contradições. Mas, incapaz, sentiu-se como o algoz que leva um inocente para cumprir sentença. Por instantes considerou largar a menina pelo meio do caminho e fugir daquele incômodo com o qual não tinha, na realidade, nenhuma obrigação. Mas tomado de ternura levou a criança até a esquina do longo quarteirão, onde, na outra ponta, ficava sua casa. Estacionou sem explicar por que não seguia mais trezentos metros até o portão da casa dela. Não podia. À frente da casa, um aglomerado de pessoas crescia para todos os lados. Eram centenas de curiosos, frenéticos espectadores se acotovelando por uma visão da cena, como urubus em desproporção com os restos de uma carniça. De longe a menina olhou aquilo, e num primeiro instante não relacionou o movimento à sua casa. Seria um acidente de carro? Um atropelamento? Mais um segundo, dois... e tudo se juntou de repente: o professor, o tumulto, a tensão doméstica naquele mês, os acontecimentos irreveláveis da última semana, a tarde do dia anterior... E aquela negra alta que vinha agora, saída do aglomerado, andando assustada em sua direção?

Levantou-se do carro e, com a objetividade que há num último momento de coragem, perguntou à mulher:

— Quem matou quem?

E como a negra não respondeu se fora o pai que matara a mãe, ou se fora a mãe que o fizera, ela deixou-se cair novamente no assento do carro, enquanto o mundo se interrompia num hiato.

E esperou.

Tudo esperou.

As coisas precisavam se reorganizar para o movimento se restabelecer. Quando isso aconteceu, e a brisa do dia soprou novamente em seu rosto fazendo a pálpebra piscar sobre seu olho seco, o professor lhe contou o que queria saber, e nem mais um detalhe. Os pormenores viriam era certo, minuciosos e vis, rápidos e por pessoas que ela nunca havia visto antes. A ele cabiam as linhas gerais, vicissitudes além das quais ele não saberia seguir. Deixou que a menina ficasse ali imóvel, imersa no seu novo mundo (suspenso), e não ousou acalentá-la, como teria desejado fazer não tivesse a vergonha impedido, pois no ponto em que a menina se encontrava talvez um gesto assim fosse pouco. Talvez fosse invasivo. Talvez. De qualquer forma, logo chegaram pessoas para carregá-la dali. Ela não se opôs, e ele deixou que a levassem.

A única vez que senti o mundo se interromper como na história da menina, e me arrancar de mim, foi quando Maria saiu da minha barriga. É bom dizer que eu estava impecavelmente lúcida porque fiz questão de não usar anestesia ou qualquer recurso que pudesse alterar a realidade. Até então eu pensava que, no instante em que me integrasse ao milagre da criação, seria tomada por um amor supremo, uma alegria inexcedível. Mas a verdade é que por muitos segundos, ou cem anos, não sei, o que aconteceu foi que eu entrei no nada, no Vazio. Olhava e via, mas de outro ponto de vista que não o daquela mulher deitada na mesa de parto. Eu não sentia, não ouvia, não estava feliz ou triste. Estava ali, mas podia não estar porque não tinha nenhum vínculo com aquilo. Assim permaneci por um minuto, talvez, uma eternidade, quem sabe. E, então, meu marido se aproximou com Maria no colo. As lágrimas corriam enquanto X. sorria por trás de uma máscara ensangüentada — era o sangue do parto que ele havia beijado no corpo da criança. O olhar dele trazia algo sublime que eu nunca vira antes. E foi através desse olhar, e não do bebê — que eu havia esperado por dez anos e nove meses —, que eu voltei de onde estava. E foi só então que o mundo seguiu, e aí sim eu amei minha filha como nunca amara nada, e fiquei radiante, completa e satisfeita — para sempre.

Meteram-na num quarto com gente que não conhecia. Colocaram-na deitada numa cama e ficaram olhando, esperando que a menina, como figura central no personagem da pobre coitada, criança numa tragédia adulta, fizesse alguma coisa que desencadeasse a ação dos outros. Não era maldade o que pesava no olhar das pessoas, porque, apesar de predominar nelas uma curiosidade macabra, teriam ajudado se soubessem como.

A presença daquela gente incomodava a menina. E estagnava o andamento dos seus interiores. Seriam eles, ou era ela que estava entupida? O que estaria sentindo se conseguisse sentir? Havia dor ali, havia alívio, alguma coisa? O que pensava sobre o que acabara de acontecer com sua família? Para constrangê-los fingiu que chorava e soluçou bem alto, enquanto de fato pensava na cama em que estava deitada. Era uma cama de casal... Sentiu o cheiro da colcha precisando lavar, e ao mudar de posição percebeu que era de mola, ao contrário da sua, de seu quarto em casa, naquela casa do tumulto, na casa onde a mãe estava morta. E como estaria a mãe? Haveria sangue? E o pai? Ia se matar também agora? Como impedir? E que cheiro horrível de mofo nessa colcha áspera... Quero ir embora daqui!

Sem mais lágrimas vazias levantou-se e foi saindo da casa dos desconhecidos. Da porta de saída olhou novamente em direção ao burburinho que inchava no fim da rua devassando seu lar. Ainda era sua casa, de sua família, o que estão fazendo, que fechem as janelas, tranquem as portas, vocês não podem entrar, minha mãe está aí!

Alguém havia se colocado, silenciosamente, a seu lado. Era Tato, um amigo mais velho, aluno de sua mãe, que há tempos havia feito da menina uma espécie de mascote, andando em sua companhia para cima e para baixo, no clube e no bairro. Sabia que ela vivia solta e às vezes passava para pegá-la em casa, ou nos lugares por onde andava. Agora estava ali para o que ela precisasse. O pai de Tato era médico e recomendava que ela tomasse o calmante que ele trazia na mão. A menina encostou o corpo pequeno no dele e largou-se com o peso de tudo que ainda não conseguia sentir. Foram andando assim lado a lado pela rua aberta. E sem que o chão estivesse no solo, e o céu como de hábito acima, e o corpo ao ser tocado parecesse não ter matéria, caminharam mecanicamente enquanto ele confirmava coisas que ela havia ouvido no murmúrio dos desconhecidos. Coisas que havia escutado no intervalo entre um soluço e outro. O pai havia matado e sumido. Uma vizinha o vira sair ensangüentado de dentro da casa e partir com o carro. Sim, parecia transtornado. Carlos havia ferido Consuelo a facadas. Muitas facadas. E mais ele não sabia.

Chegaram à casa de uma amiga da mãe dela. Irene gostava quando a menina vinha às tardes para brincar com sua cachorra. Chegava assoviando feito moleque com os dois dedos enfiados na boca e ia entrando e falando de tudo sem rodear. Faziam pipoca e ficavam conversando na cozinha até o cair da noite. Quando a mulher imaginava que poderiam estar dando pela falta da criança, mandava-a de volta para casa, e o que sobrasse de conversa ficava para o dia seguinte.

Ela e o marido não tinham filhos. Então, quando no ano anterior Carlos e Consuelo passaram uma temporada de quatro meses na Europa, a menina havia sido sua hóspede, enchendo a casa de atividade. Além do carinho, Irene tinha com a menina um zelo especial por deferência à amiga a quem dedicava uma espécie de devoção — porque era inevitável que as pessoas ficassem encantadas com Consuelo no momento em que a conheciam. Ela era amável, sorridente, genuína, dispensava a todos uma atenção igual sem ser melosa nem piegas como as outras mulheres. Consuelo era divertida. Encantada com a vida, encantava os amigos. Impossível não a adorar, pensava Irene enquanto buscava dentro do peito algo que qualificasse melhor a natureza de seu sentimento pela mãe da criança que se encontrava à sua frente e que agora, mais do que nunca, precisava de seus cuidados.

A mulher dispensou Tato e abraçou a menina. Tão cheia de assuntos, a criança agora estava quieta, se havia ali algum pranto ou lamento, soava para dentro.

Irene levou a menina até o quarto que já havia sido dela e deixou-a sentada no sofá-cama, que estava dobrado para dar ao ambiente um aspecto de saleta interna. Fez correr a porta larga que abria para as flores exóticas que cultivava e desejou que a beleza de seu jardim pudesse trazer conforto no caminho sem atalhos que a menina teria a percorrer e do qual só sairia após escarafunchar cada beco do percurso. A mulher olhava a criança e se perguntava se possuiria o tipo de material necessário para o confronto com tanto desamparo.

Já a menina tinha outras preocupações. Pela manhã havia colocado um tênis apertado e com isso passara a tarde com os pés a lhe atazanar. Agora estava cheia de bolhas. Como se não bastasse... Mesmo assim tinha conseguido aquele *home-run* fabuloso que dera o ponto da vitória a seu time de *soft-ball*. Havia se atirado magnificamente ao chão para bater na base antes que o atirador do outro time a alcançasse. Ralou-se toda, bateu com a cabeça e engoliu um bocado de areia, mas valera a pena.

Súbito, uma força brusca puxou-a em movimentos circulares para dentro de um clarão. Ofuscada, ela começa a sentir vertigens, o clarão fica escuro e ela quer voltar para onde estava, mas é empurrada para o breu de um poço onde sua mãe é espancada. O pai também está ali — dilacerado... entre mentiras e mentiras. A mãe segura-se nas paredes de um corredor, mas desaba antes de chegar à espiral que há no centro da cabeça da menina e que a engole como uma Alice no País das Maravilhas Hostis.

De repente um movimento do lado de fora a faz voltar — para fora. É padre Tonho, em pé na porta do quarto. Ao contrário dos outros, não faz cara de pena, que bom porque ela gosta do padre, que, mesmo sabendo que não acredita em Deus, não tenta doutriná-la. Faz sinal para que ele entre. O padre senta-se a seu lado. Aquela criança havia num sopro ficado órfã de pai e mãe. Se estivesse vivo ainda, o pai teria agora condições para exercer sua paternidade?, pergunta-se. Um assassino deixa de ser apenas um homem para ser um homem com seu homicídio, e aquele matara a mãe de três filhos à maneira de um troglodita pré-histórico. Acabara de ver o resultado do feito na cena do crime. Agora, diante da menina, preferiria não ter a imagem grotesca flagrando-lhe o pensamento a todo instante. Mas estava ali porque ali havia a oportunidade de agir como homem bom, como padre.

Eram amigos, a menina e o sacerdote. Sempre que passava pela porta da igreja o religioso convidava-a a entrar e deixava que zanzasse por ali, brincando com os objetos sagrados da sacristia ou acendendo velas no ofertório. Às vezes, enquanto conversavam, ela o ajudava a limpar a parafina derretida das súplicas chamuscadas que os fiéis lançavam aos santos intercessores. O padre lhe dava medalhinhas com imagens e contava-lhe histórias da vida daquelas figuras, que, por terem sido pessoas comuns, a encantavam com a extravagância de seus feitos extraordinários. Ali ocorria o contrário do que se passava no colégio com as lorotas tediosas das crianças missionárias, sempre prontas a lançar mais uma alma desavisada em seus currículos de cristãos chatos. Os santos do padre possuíam relevo. E graça!

Padre Tonho tinha um problema na vista que o impedia de distinguir cores, e talvez fosse por isso que agora vestisse aquela camisa rosa-claro — era canhestra a cor num padre, e em dia de morte... Aquilo a fez lembrar do pedido para que posasse de arcanjo para os vitrais coloridos em cima do altar principal. Duas outras meninas que ela conhecia do clube já haviam aceitado. Faltava a mais bonita, para servir de modelo à figura de maior destaque no quadro.

— Tenho vergonha de virar anjo.

— Mas é um arcanjo muito importante, minha filha.

— Pra falar a verdade, pouco me importa. Não prefere um diabinho mal-humorado com chifres e tridente?

O padre achava graça nas blasfêmias da menina: por falta de formação religiosa a criança não lhes temia as conseqüências, e por não ter consciência não podia sequer ser considerado pecado seu desbocamento com assuntos da Igreja, pensava, preferindo isso à hipocrisia do comportamento semeado no medo.

Assim, relembrando histórias passadas, e falando amenidades como num dia comum, a menina se deixou entreter enquanto o padre cumpria sua tarefa de homem bom. Sem se dar conta, foi se desligando de suas circunstâncias, e sorrindo.

Passou-se uma hora.

Agora havia gente na porta do quarto. Gente que aparecia a todo instante para ver como sofre uma criança de cuja mãe ainda escorre o sangue morno. A menina sentia vergonha de ter suas dores expostas a essa gente, ao julgamento de desconhecidos, e dos conhecidos também. E ainda havia os amigos..., o mundo todo ia saber e falar e julgar como lhe aprouvesse, tudo o que não podia entender.

Padre Tonho levantou-se e fechou a porta do quarto. Olhando a menina, pensou em como era reconfortante e fácil exercer a caridade naquela situação, e como era difícil, ao mesmo tempo, saber o que fazer. Resolveu entregar seu dilema ao Senhor. A medida surtiu efeito imediato. Em questão de minuto a Providência Divina fez Antônio irromper quarto adentro, cheio do vigor e do ânimo dos seus sete anos de idade. O irmão caçula vinha todo paramentado para o futebol, de chuteira, bola, e mais um amigo a tiracolo. Estranhando-lhe a tranqüilidade, a menina perguntou:

— Você sabe o que aconteceu?

— Sei, papai matou a mamãe.

E virando-se para o amigo que se havia estacionado no meio do quarto feito estátua, concluiu apressado:

— Vamos, Rodrigo, vamos jogar futebol.

Algo já não combinava mais com o contexto. O próprio contexto havia saído dramaticamente do tom. E para sempre.

A menina e o padre se olharam, ameaçaram um sorriso, o sorriso virou riso, foi crescendo, ficou grande, incontido, quase bom... por fim transformou-se numa imensa gargalhada de alívio. E rindo assim, a menina e o padre choraram juntos lágrimas de desafogo.

No final da adolescência vivi por dois anos na Europa, e enquanto estive sediada na França passei muitos fins de semana na Inglaterra; era um alívio para a sisudez e grosserias do parisiense de rua. Os ingleses são gentis a um ponto quase cômico — "Over here, darling", "Oh please, dear". Dava uma alegria aquilo... Eu passava os fins de semana em Londres para rir. Mas também porque gostava de visitar uma prima cujo marido fazia a especialização acadêmica naquela cidade. Nossa família foi sempre tão desgarrada que era bom estar com ela, ali, distante das raízes tortas de nossas mazelas mútuas. Aqueles encontros traziam um aconchego desconhecido e prazeroso, como se, amando-nos apesar de tudo, incentivássemos um laço proibido mas acertado. Mais tarde reencontramo-nos no Rio de Janeiro e não conseguimos manter o que havíamos construído. Ela se afastou, e eu nunca entendi por quê. Mas antes, aconteceu o episódio que vou contar agora.

A prima já tinha dois filhos e junto com o marido havia conseguido, com muita dificuldade num reinício de vida, comprar um apartamento pequeno no Leblon. Adquiriram os móveis básicos, os artigos para cozinha e banheiro, decoraram tudo com o capricho que a situação permitia e instalaram-se no novo lar. Um dia minha prima sai para trabalhar e deixa o marido em casa com o filho menor de quatro anos. O marido, catedrático em filosofia, retocava sua tese de doutorado na sala enquanto a criança se entretinha animadamente pela casa. Lá pelas tantas, sentindo cheiro de queimado, o filósofo interrompe a introspecção em que mergulhara e se dá conta de que imensas labaredas de fogo vindas dos quartos lambiam as paredes do corredor em direção à sala. Onde estaria a criança? Entrou pelos interiores da casa, encontrou o filho, que observava o fogo sentado num canto do quarto de casal, agarrou-o pelo braço e voou para fora do prédio; seminu, de cuecas, e tendo largado para trás as 250 páginas manuscritas (não se usava computador ainda) de sua tese sobre a lógica da ciência.

Em menos de uma hora minha prima perdeu tudo do pouco que conseguira acumular ao longo dos anos. Não havia mais móveis, nem roupas, fotos de viagem ou quadros, e não havia onde morar. Taco, cimento, mesa, toalhas, calcinhas, calções; tudo um punhado de cinzas. E a tese do marido, promessa de vida melhor — meses de minuciosa elaboração conceitual —, chamuscara-se para sempre na poeira do vento.

A prima, que é psicóloga, tateando com o cuidado próprio dessa gente, descobriu que o filho, tendo encontrado uma caixa de fósforos no armário dos pais, resolvera fazer uma pequena experiência. Primeiro botou fogo num pedacinho de vestido da mãe, achou bonito e repetiu o gesto em outro vestido, e depois em mais um, e assim foi fazendo sucessivamente com todas as peças de roupa, até se acabarem os fósforos.

A prima contou-me a história com ar de resignação. E eu rebati.

— Mas querida você não fez nada, não bateu nele, não chamou a atenção?

— Chamei, claro. Eu disse, você viu o que fez, viu?! E ele: Vi. E eu: E então o que você achou disso, hein?! E ele: Liiiiindo!!! Ou seja, inabordável, não é?

Alguma coisa na menina organizava o turbilhão de informações para que pudesse sofrer por partes, numa medida possível. Nos últimos meses, ela havia considerado a possibilidade de morte dos pais, e secretamente havia preferido, se fosse inevitável, que não lhe faltasse a mãe. Apesar de toda mentira, do descaso com a família, e malgrado a própria vontade, a menina a amava mais. Agora, no entanto, seu pensamento estava com o pai, como se conclamando-o internamente pudesse acordá-lo do desvario e fazê-lo sentir seu amor resistente, e que por causa dele o pai desistisse de ir embora também — ele que havia sobrado, ou o que havia sobrado dele.

Além do quê, ela precisava saber de tudo: como, por quê, de que forma aconteceu. Precisava da presença do pai para poder continuar a amá-lo, porque logo a razão se interporia entre sua necessidade de filha e a crueza dos fatos, e exigiria minuciosas explicações, com todos os detalhes que o futuro cobraria a juros altos pela perda de sua infância abortada. A cada minuto sofrido, a cada lamento que roubasse o tempo da criança que era, ela precisaria de uma verdade adulta para repor no lugar, e naquele momento só mesmo ele, seu pai assassino, poderia mostrar-lhe a verdade contida em cada uma das dezesseis facadas desferidas à revelia de tudo, de todos, e dela.

Ela o esperou por um mês sem notícias, sem contato. Diziam coisas soltas, que o pai havia aparecido na delegacia da cidade no dia seguinte ao crime para assumir a autoria, que viajara em seguida, que estava na casa de um amigo de infância em Minas Gerais, que estava doido e internado num manicômio, que fora visto em andrajos perambulando pelas ruas de uma vila do interior. E que ele não queria falar com ela, se quisesse já o teria feito.

A menina estava em seu quarto no pensionato luterano onde morava agora com o irmão mais novo quando o responsável avisou-a de que o pai havia chegado e a esperava no pátio ao fundo do casarão. Ela desceu devagar as escadas que davam no primeiro andar e assustou-se ao dar com o pai antes de chegar ao pátio. Carlos havia entrado e estava em pé na sala onde à noite se cantavam hinos de louvor a Deus. Era o primeiro cômodo do casarão para quem entrava por trás, mas raramente alguém parava ali durante o dia porque as janelas viviam fechadas e a saleta era escura e desagradável. De certa forma ela gostou que o pai estivesse meio escondido do olhar de todos. Carlos estava virado de frente, e ambos se viram ao mesmo tempo. Nenhum dos dois conseguiu sorrir, apesar de esboçarem uma tentativa mútua e frustrada.

— Minha filha.

A menina deu dois passos e abraçou o pai. Havia um tremor no corpo dele, e aquilo tornava incômodo o abraço. O pai estava vivo e isso era bom, mas encostar era ruim. Por que ele não a largava logo, antes que alguém passasse por ali e visse aquilo? Finalmente chegou Antônio e salvou. Com um "meu filho", que dessa vez saiu mais fluido, o pai largou a menina e, parecendo também aliviado com a troca, abraçou-se ao caçula. Ficaram os três por uns quarenta minutos dentro da saleta, conversando amenidades num jogo de faz-de-conta, o único possível naquele momento. Por fim, Carlos precisou fumar, então saíram em direção ao jardim para não desrespeitar o hábito da casa que não permitia cigarros. Havia imensa tensão entre eles, mas também a necessidade de reeditar alguma espécie de família. E era isso que se tentava fazer ali com os sentimentos confusos de cada um. Por isso era possível para a menina agüentar aquela conversa que nada tinha a ver com suas demandas internas, uma conversa frouxa, mas que podia a qualquer momento explodir na vibração do que não era dito. Assim, quando o pai levantou para fumar, Antônio aproveitou para se juntar a outras crianças que brincavam pelos arredores. A menina permaneceu ao lado do pai. Não parava de observá-lo. Longas pausas intervalavam a conversa, e assim ela podia observá-lo bem. Suas mãos tremiam com qualquer movimento, estava todo amassado, usava uma meia marinho e outra marrom, tendo um dos sapatos desamarrados. Ela abaixou para refazer-lhe o laço, e o pai levou um susto pensando tratar-se de um bicho. A menina caiu no chão assustada pelo susto do pai. Carlos deu-se conta de que quase chutara a filha, puxou-a para cima novamente e olhou-a intensamente:

— Eu não sabia que ia matar sua mãe. Jamais imaginei que pudesse fazer o que fiz. Não sou assassino, matei mas não sou, não tenha medo de mim. Você e seus irmãos são o único motivo que tenho para permanecer vivo.

Silêncio.

— Se quiser, eu lutarei com todas as minhas forças para continuar criando vocês. As coisas não serão fáceis. Sua avó Berta contratou um excelente advogado para enviar-me para a cadeia o mais rápido possível. Ela tem dinheiro e não poupará esforços para vingar a filha e acabar comigo. O processo contra mim já se encontra em andamento na justiça. Mas nenhum obstáculo será intransponível se você ainda tiver algum amor por este pai.

— Eu tenho, papai.

Carlos estava hospedado na clínica de repouso de um amigo. Passou o número de telefone para a menina e explicou-lhe que se manteriam em contato permanente. Ela e o irmão ficariam na hospedaria para dar tempo a que as coisas se acomodassem. Sugeriu que ela procurasse gostar dali já que a temporada poderia durar anos.

— Preciso ir agora. Preciso. Cuide de seu irmão Antônio.

— Onde é que está o Tuco?

— Não sei. Vim direto para cá. Procurarei por ele nos próximos dias. Deve estar com a família da noiva.

Aquilo não ficaria assim. Num futuro próximo o pai teria de escancarar seu ódio na frente da menina, com toda a contundência que o levara a matar, para que ela pudesse aceitá-lo contra a hipocrisia do mundo. Ele entraria em grotescos detalhes, revivendo sua ira diante da filha, e contaria por que precisou de uma faca para arrancar punhaladas de vida do corpo da mãe. E de como um revólver não teria bastado, já que ele precisava de algo que destruísse mais, numa extensão de seu corpo, numa extensão de seu braço. E que nos meses que se seguiram ao crime, centenas de vezes, ele havia matado Consuelo, novamente e novamente, golpeando a noite vazia com o braço, feito um demente que abraça fantasmas.

Raios não caem duas vezes no mesmo lugar. Às vezes. Na minha casa caíram, e assim convivi com dois homicídios, no período de minha infância, o de meu pai e de minha tia sua irmã, que, por ironia, também matou o parceiro. Tenho, portanto, intimidade com o assunto. Mais do que isso, conheço-o profundamente já que tive de compreendê-lo para sobreviver. Nada alivia tanto quanto o entendimento minucioso dos fatos que levaram a uma dor — como em tudo, só o conhecimento traz a cura. Cheguei ao requinte de compreender melhor os crimes a minha volta do que fizeram as pessoas que os praticaram. O assassino passional não sabe por que matou, e é um erro recorrente nos tribunais querer arrancar motivos de seus réus. Eles não os têm. Destroem o núcleo de suas vidas, o grande amor e a razão de tudo, e depois choram em cima de seus cadáveres por pena de si e pela falta do objeto amado. É um processo irracional. É também autodestrutivo. Tanto assim que, via de regra, esse homicida não foge do local de seu crime, mas fica ali, não tendo mais a perder, para ser preso em flagrante. A criatura que mata por amor é alguém cuja necessidade de paixão chegou a níveis obsessivos. Ali, há um ser apaixonado, ávido de afeto e incapaz de renúncia. A pessoa pensa sem parar numa única coisa, na impossibilidade de ter o outro como ele precisa que o outro seja, na traição, ou em sua eventualidade. Fantasias obscuras lhe entopem a cabeça, e não há ser sobre a terra que consiga viver com uma só idéia a lhe atazanar dia e noite, na rua, no trabalho, por toda parte, a toda hora. A tormenta chega a um ponto de ruptura, que, dali, um mínimo detalhe leva a matar.

Além do mais, há pessoas que só sabem amar na tensão, vivem às turras e assim se realizam. O sentimento tranqüilo e pacífico, que para tantos é a forma ideal, para eles nada significa — o amor tem faces múltiplas, e há aspectos que vêm com a violência embutida. Nesses casos os homens tendem a ser mais agressivos. Eles batem, espancam e se portam de forma primária. A mulher, mais sutil, observa, e, intuitiva, aprende por onde atacar. Ela finge que trai, provoca, pede dinheiro que ele não tem para dar, fere-lhe o orgulho e vai levando o parceiro à exasperação. Aí ele bate, machuca, e por aí vão anos de amor e dor. Até que um dia...

Qual o ser vivo, por mais bondoso, que já não pensou na morte de uns vinte? As crianças pensam. Todos nós pensamos. No trânsito, no trabalho, nas discussões com o parceiro. O homicida ocasional não é um homem ruim, mas alguém que viveu um tumulto interior gigantesco e por ali desviou de si. Ele pode ser bom sujeito, honesto, trabalhador, pai carinhoso. Não voltará a matar, e representa muito pouco perigo para a sociedade. Deve ser punido porque em seu desvario amputou a vida de alguém e espalhou sofrimento a sua volta, mas deve também, e pode, ser compreendido. É estranhíssimo, e dificulta a compreensão saber que essa criatura não sente remorsos. A idéia de que o assassino vive numa tortura interna que lhe devora o espírito é equivocada. Em seu mundo subjetivo ele (ou ela) tinha razões para fazer o que fez. Você, com sua ética, não consegue perdoá-lo, mas o homicida não vive sequer a questão do perdão. A coisa está feita, e os limites que rompeu ao praticá-la estavam amarrados na mesma praia onde ele hoje reencontra as justificativas que lhe permitem seguir vivendo. O que outrora serviu de motivação emocional para matar, hoje é um raciocínio lógico de seu universo íntimo. Então, se essa pessoa não assassinou por motivo fútil, ela merece ser vista à clareza das imparcialidades. Por ter refletido sobre isso a vida inteira, aprendi que para se julgar um gesto apaixonado é preciso muito desapego. E que há de se ter compaixão, pois com ela não só esse crime mas qualquer transgressão humana pode ser compreendida. Não há nada mais primário e mesquinho do que enxergar os atos alheios pelo ângulo exclusivo da acusação. Não se deve pensar, aquele fez mal à minha filha. Pense antes, minha filha fez mal a alguém.

Irene passou no corredor e, sem tentar disfarçar a tristeza, acarinhou a menina com o olhar. Algumas horas haviam se passado, o padre tinha ido embora e a criança precisava dormir. Deitou-a numa cama grande e ouviu seu pedido:

— Não quero ver minha mãe morta.

— Está bem, assim será.

Naquela noite a casa afundou num sono pesado e sem sonhos. A menina dormiu como se morresse um pouco. Quando acordou estava cansada ainda, e confusa. Dormira mil anos e não sabia mais quem era, onde estava e por que a deixaram dormir tanto tempo que já era noite de novo. E quem era aquela pessoa inquieta que a sacudia nervosamente? Aos poucos as feições de sua avó Berta foram se definindo, e ela percebeu-lhe o rosto gordo inclinado sobre seu corpo semi-adormecido.

— São quatro da manhã, e você tem que acordar para ver a mamãe no necrotério.

— Mas eu combinei com a Irene de não ir, queria lembrar da mamãe viva. Não quero ver ela como está agora.

— Quem resolve isso sou eu. Sua mãe era minha única filha adorada. Estou sofrendo mais do que qualquer criatura pode suportar. Não preciso de mais uma discussão para aumentar o martírio. O que as pessoas vão pensar?

Então, em nome das boas maneiras, a filha foi levada para despedir-se da mãe, que não poderia, a essas alturas, lhe retribuir o gesto.

Hoje se encerrou mais uma história de amor. Não era um amor imenso, mas era um namoro companheiro e bom. Gosto do homem que se foi e estou muito triste, mas a vontade e o esforço a serem feitos por uma harmonia já sobrepujavam o prazer que havia na coisa.

Fico então com esse gosto de despedida na língua, sabendo que aquele homem doce logo encontrará alguém mais simples que eu para viver um amor calmo e feliz.

Na verdade, era hora de entender que, para o amor, é mais aconselhável um semelhante do que uma criatura de outra galáxia. Por que diacho não consigo me interessar por quem fale minha língua? Será que não dá para saciar a curiosidade por opostos com viagens, por exemplo, ou no trabalho de atriz, investigando personagens excêntricos? Eu trato o amor como um laboratório de pesquisa e meu homem como um iguana mutante, até o dia em que percebo que ele é apenas um homem mesmo, e então me desinteresso. Talvez não tenha sido talhada para a vida a dois. Não tive o modelo adequado. Quando faço tudo certo, ainda assim faço errado.

Dos relacionamentos que tive, só com o pai de minha filha fui infiel. Éramos crianças numa primeira relação séria. Não sabíamos das concessões a se fazer, os desejos a tolher, as pequenas delicadezas que há de se ter para o amor agüentar. Íamos levando aos trancos, e seguramos juntos 12 anos porque, com todo o tumulto que fazíamos fora, dentro de casa era muito bom. Não brigávamos nunca. Tínhamos um quarto vazio onde quem estava chateado ia dormir. "La nuit porte conseil", dizia X. sempre que eu estava louca por uma discussão. Pegava o travesseiro e se trancava no outro quarto, e eu ficava ali, com vontade de esmurrar alguém que já não estava, até que a vontade passava, eu dormia, ele também, e de manhã tudo eram flores. Quando um dia minha filha pequena me perguntou por que não morava junto com papai, eu respondi o clichê:

— Seu pai e eu brigávamos muito, e, para parar com isso e você ter uma vida tranqüila, nós agora...

X., que estava na sala visitando, indignou-se:

— Quando, Maitê? Me conte uma vez em que brigamos?

— Bom... é... Mas então por que nos separamos?

— Eu não sei, você é que devia ter uma resposta pra isso.

Mais tarde, com Maria já namorando, eu quis saber dos pais do rapaz, que eram separados:

— Eles têm uma relação saudável, se dão bem?

E Maria:

— Ah, mamãe... não é essa esculhambação de você com o papai, eles se dão mais ou menos, como gente normal.

Eu me separei de X. porque ele ficou doente. Uma noite às três da manhã, chegando de uma festa, X infartou na nossa cama. Quando a ambulância chegou, ele já havia sofrido dois infartos, urrando de dor ao meu lado, e se o socorro houvesse demorado mais cinco minutos X. teria morrido. O hospital, as cirurgias, o tempo de convalescença, aquilo tudo foi demais para mim. Não que eu não agüentasse o sofrimento, o peso, a vida interrompida; eu agüento tudo. Mas aquilo era uma traição! Aquele homem estava morrendo para cima de mim, e nós tínhamos uma história juntos, vimos de um tudo em todas as cores, geramos uma filha, e em 12 anos construíramos, à nossa maneira desajeitada, uma única criatura inabalável. E agora ele queria partir sem avisar, levando a melhor metade sem combinar nada comigo? Ele também? Será que quem eu tocasse com amor teria sempre de falecer?

Naqueles meses eu vinha perdendo para a aids meu amigo mais querido, e isso em nada contribuía para o desopilar de minhas conturbações internas. As emoções se colavam umas às outras numa papa azeda, e meu pensamento só queria fugir. Nada era consciente naquele turbilhão, mas o fato é que eu reagia como em outros momentos de grande perda e com as mesmas sensações físicas de ojeriza e repulsa — não à pessoa, mas à morte em si, com suas garras de rapina, que nos rouba tudo e nos deixa largados com o avesso virado para fora.

Separei-me.

Passou-se um tempo, e X. voltou a nossa casa. Ao longo do casamento, sempre que eu fazia alguma interferência na decoração da sala, por exemplo, ele detestava automaticamente. Tínhamos gostos opostos. Passei a decorar a casa ao modo dele, era mais importante para ele do que para mim, e me poupava de ouvir críticas e ironias acachapantes. Pois quando ficou resolvido que seria eu a permanecer em nosso apartamento e que ele procuraria outro canto, minha primeira medida foi encher aquilo de cor, acabar com o *ton sur ton*, arrancar os carpetes, as cortinas, os brocados, e encher tudo de luz, clarear. No dia que entrou ali após a mudança, X. olhou aquela revolução, refestelou-se no sofá e suspirou:

— Ah... como isso está agradável!

Homens!!!

Essa falta de afinidade para questões estéticas foi uma pedra nos sapatos de nossa relação. A começar pelos sapatos dos meu pés, e as meias, e a saia, e a blusa, e os óculos, e esse chapéu aí pra quê? X. me queria arrumada. Eu não ligava para aparência. Quando me conheceu, muito disfarçadamente, levou-me para passear uma tarde. Paramos em uma loja, depois em outra, depois outra, quando vi estava cheia de sacolas repletas de coisas que ele achava lindas, e eu, abomináveis. Mas se alguma coisa colocava X. de mau humor era uma mulher malvestida. Sendo dele a mulher, era coisa para três dias de nuvens carregadas. Passei anos descaracterizada na minha forma de vestir, sem um estilo pessoal, porque meu estilo era qualquer coisa que não transformasse a vida a dois numa briga de galos. O problema é que, não resistindo, eu sempre arrumava jeito de enfiar uma flor no cabelo, pendurar uma bolsa de artesanato, jogar no pescoço um colar de contas, alguma coisa pra dar uma quebrada, que na época descambava pro *hippie*, fazendo X. subir pelas paredes.

Mais tarde, já separados, minha filha sentiria os reflexos de nossos antagonismos.

— O papai acha bonito uma coisa, você acha outras, o que é estilo, mamãe?

Eu expliquei.

— Ah, sei... Na minha escola tem uma menina que usa um bermudão bem comprido, uma camiseta bem larga, um boné virado ao contrário e no pescoço um colar de pérolas. É isso?

Bingo.

Mais tarde, conversando com um repórter que bisbilhotava minha vida, Maria, aos nove anos, resumiu nossa dessemelhança, não só para trajes, mas também para trejeitos:

— É assim, meu pai precisa que eu seja uma bonequinha de luxo, e minha mãe acha que eu sou o Indiana Jones.

E quando nossas diferenças colocaram Maria, de cinco anos, numa crise filosófica sobre o que era certo ou errado, eu combinei com ela:

— Seu pai tem uma família com mulher e filhos, seus irmãos. Ele os cria como acha melhor. Então não tem certo ou errado, tem o certo de lá e o certo de cá, e você deve seguir o certo da casa onde estiver. Daqui a alguns anos, vai escolher o seu certo dentro disso e segui-lo.

Deu certo. Tendo vivenciado modelos opostos, hoje adolescente, Maria sabe bem quais são suas próprias tendências e raramente precisa de papai ou mamãe para apontar o caminho.

Quando me casei, muito apaixonada, foi com um ideal romântico que não cabia bem naqueles tempos. Falava-se de Wilhelm Reich, do amor livre, de uniões abertas. Passei quatro anos quieta, investindo numa relação a dois até entender que meu marido era um sedutor incurável, e que de nada adiantava ficar emburrada e infeliz com suas transgressões, havia outras formas de lidar com aquilo. Assim, as infidelidades que houve de ambos os lados, quando descobertas, geravam, como em toda boa família, um quebra-pau de alto estilo, e depois não se falava mais nisso. Nunca mais. Sem exceção. Em geral era o que bastava para jogar um balde d'água na relação paralela e mostrar que nós gostávamos mesmo era um do outro. Sábias crianças.

Estava na TV Globo gravando uma novela que protagonizava junto com o Lima Duarte quando recebi por telefone a notícia da morte de meu pai:

— Seu pai deu um tiro na boca.

(Na verdade, foram dois tiros no peito — ele não queria correr riscos e havia estudado, no *Larousse Medical*, a posição exata do coração, donde deduziu a correta angulação para o cano do revólver.)

Alguém me levou para casa. X. me esperava no quarto, em pé. Ao me ver, suas pernas derreteram e ele caiu sentado no chão. A empregada, que vinha atrás de mim, tentava levantá-lo:

— Sr. X., foi o pai dela que se matou, foi o pai dela!

X recompôs-se, me abraçou longamente, e a partir daí foi o mais perfeito dos homens. Não mediu esforços para amenizar meu sofrimento. Quando chegamos em Campinas, de jatinho alugado, havia batedores abrindo o caminho até minha casa de lá. Depois disso, enquanto recebia os amigos, e sem que eu percebesse qualquer movimento, X. tomou todas as providências burocráticas; e então lavou meu pai, penteou-o, vestiu e colocou-o no caixão mais elegante. Meu pai foi cremado com uma gravata de X. no pescoço.

O que X. me deu de mais valioso foi nossa filha. Mas, além da Maria, e do sentido que ela trouxe a minha vida, com X. eu ganhei leveza, e um olhar que vê graça onde os outros vêem problemas. X. me salvou da seriedade que teria me matado não houvesse eu tido a sorte de casar com um maestro, um santo do humor.

Vão-se 26 anos desde que me casei com X., e ainda hoje ele é a pessoa com quem mais conto nesta vida.

* * *

A vontade do suicida é soberana e ninguém tem nada a ver com isso. Da mesma maneira quando um paciente pede ao médico que o alivie praticando eutanásia, não cabe ao mundo decidir se aquilo é certo ou errado. Não pode ser outra coisa se não legítimo dispor do próprio corpo para interromper o intolerável.

Ao falecer meu pai levou para o além um câncer que lhe comia o cérebro e que o teria matado naturalmente, talvez, houvesse ele tido a paciência de esperar. Não teve.

Dias antes, internado num hospital cheio de tubos por conta de uma convulsão grave, fez sinal para que eu me aproximasse do leito, e baixinho insinuou que precisava de meu auxílio... Explicou:

— Se estivesse perdendo as pernas ou o braço, mas é a cabeça, minha filha, é ela que está me faltando...

Eu não pude, não estava em mim fazer o que meu pai pedia.

De qualquer forma, minha impossibilidade alterou pouco o desfecho da história...

* * *

Esta noite dormi mal pra caramba. À meia-noite e meia, o ar-condicionado do vizinho começou a respingar no toldo de minha varanda em forma de tortura oriental. Quando, após intensa concentração, finalmente abstraí os tambores do inferno que ressoavam em minha cabeça para entrar num estado de sono, Maria chegou de uma festa fazendo aquele estardalhaço para o qual só os adolescentes têm o desplante necessário. O fuzuê festivo acontecera ao lado de nossa casa, então, depois de minha filha chegaram Luana, e Claudia, em seguida Ju, e Lu, e mais tarde Tunica, socorro, a coisa parecia não ter fim, e céus, como se tem assunto pra falar de madrugada aos 15 anos de idade!

Com esse movimento todo, a cachorra, que dormia tranqüilamente na cozinha, acordou. E acordada quis atenção. Por uma hora Isadora uivou como se tivesse sido atropelada por um caminhão de paralelepípedos. Busquei-a e trouxe para meu quarto com alguns brinquedos para entretê-la enquanto eu tentava pegar no sono. A coisa ia bem e eu estava quase dormindo quando a cachorra, enfastiada, resolveu arrancar um pedacinho do chão. Com o taco na boca, ela rosnava e batia aquilo pelos cantos, até que o toc toc começou a soar em intervalos mais regulares. Isadora agora jogava o taco para cima, bem alto, de forma que, quando caía, acordava não só a mim como também, suponho, o vizinho de baixo, e muito possivelmente os outros todos das laterais. Só quem não se mexia eram as meninas no quarto ao lado, que a essas alturas dormiam feito cordilheiras ancestrais. Pensei em pendurar a cachorra do lado de fora da janela, deixando-a tostar até o sol do meio-dia, mas acabei reconsiderando. O ar-condicionado agora pingava mais alto.

Pensamento: Crianças, assim como a água, são acidentes da natureza, difícil contê-los. E cachorros são bichos selvagens feitos para a vida ao ar livre, quando a gente insiste em aprisioná-los eles se vingam infligindo-nos um infortúnio essencialmente humano — a insônia.

Filosofia barata... Noite de cão!

Apartamentos são lugares muito esquisitos para se habitar. A vida inteira morei em casas, no interior é comum, e até na França, quando estive estudando, vivia num estudiozinho ao rés-do-chão que dava para o pátio interno do prédio, e não me sentia como agora, presa dentro de um quadrado suspenso nos ares.

Na cidade a gente passa a vida encaixotada. Sai de um caixote que anda em cima de rodinhas para dentro de uma caixa que sobe, e nos coloca numa microcaixa com uma campainha, que por sua vez se abre para nos enfiar num caixotão dividido em caixas menores em que passamos grande parte de nosso tempo. Dormimos ali! Para piorar, o caixotão paira nos ares, de forma que se você resolver, num descuido, dar um passo pra fora, cai no vazio e morre. É muito constrangedor.

Ao mudar para o Rio de Janeiro, morei com minha avó numa cobertura em Ipanema. Era um prédio antigo de três andares numa rua silenciosa e arborizada... Foi suave. Depois fui viver num canto tranqüilo da Barra com meu amigo Pedro Paulo Rangel, também num prediozinho que tinha aconchego de casa. Precisamos sair dali, e foi então que começou a desgraça. Já no Leblon, num microapê de cinco por andar, tentei dormir a primeira noite, só, num tubo insosso onde achei que poderia habitar. Chorei rios de abandono. As horas não passavam, e eu ouvia a descarga do vizinho da frente, a discussão da família de trás, a TV do sujeito de cima e o papagaio do tonto ao lado — era muita devassidão.

Anos depois, já no prédio em que vivo hoje, uma construção sólida dos anos 50, e apesar das paredes grossas, tive problemas com uma viúva que cismava em reposicionar seus móveis no alto da madrugada. Embaixatriz, era pontualíssima — às três da manhã colocava um saltinho fino e abria os trabalhos — toc toc toc rrrrrrrrrrrrrrrrrrrrrrr, toc toc toc rrrrrrrrrrrrr, toc toc... Para meu grande alívio, a insone, um belo dia, mudou-se do prédio. Minha fantasia é de que um dia farei o mesmo. Conheço todas as casas desta cidade porque de três em três anos sou tomada por surtos, e decido firmemente que sairei daqui para voltar ao chão e às raízes. Ainda não rolou, mas, como raízes não saem de seus lugares e meus propósitos tampouco...

Carlos foi parar numa clínica de repouso. O estabelecimento pertencia a um amigo que lhe ofereceu refúgio logo após o crime. Em toda casa de doidos que se preze há pelo menos um maluco que se acredita Jesus Cristo, e esse manicômio não fugia à regra. É irônico que um ateu homicida encontrasse prazer no convívio com o filho de Deus, mas o fato é que Jesus logo se tornou a companhia mais freqüente de Carlos. Os amigos passavam horas do dia perambulando para lá e cá em conversas intermitentes. Jesus, que era vivo e perspicaz, tinha o raciocínio bastante coerente em se tratando de um doido, enquanto Carlos, que havia se colocado à margem de tudo com seu feito, pouco se lixava pra coerência ou qualquer outra convenção. A amizade ia de vento em popa. Nas raras vezes em que comentaram o crime de Carlos, o maluco fez pouquíssimo caso do que considerava um sacrifício necessário à depuração espiritual dos envolvidos; logo se enfastiava daquelas particularidades comezinhas e passava a temas mais universais, como as leis físicas e a regência e ordem de todas as coisas. Era assim em amplos vôos temáticos que seguiam dia a dia num encadeamento ilógico, enquanto o tempo, com sua batida matemática, corria à revelia.

A primeira vez que a menina esteve na clínica foi em companhia de padre Tonho. O padre sabia da internação de Carlos, e insistiu em acompanhá-la. Tendo pouca intimidade com o religioso, ela não queria que este visse seu pai em meio aos doidos — o padre pensaria que além de assassino fosse também demente —, mas por fim acabou concordando, já que não tinha como chegar ao local sozinha, talvez nem a deixassem entrar...

Carlos estava hospedado num apartamento separado do corpo principal da clínica, uma antiga secretaria adaptada para abrigar casos excepcionais. Havia emagrecido uns cinco quilos nos oito dias passados desde sua visita à hospedaria luterana. Andava com a coluna arqueada e tinha o ar humilde oposto à sua habitual postura quase arrogante. A presença da filha — ali —, misturada ao cansaço das noites maldormidas, soterrava-lhe a dignidade. A menina adiantou-se três passos e pela primeira vez após a morte da mãe abraçou o pai com amor, só com amor. Como a menina havia se esquecido da formalidade, o padre se apresentou. Depois, no tempo certo, padre Tonho iniciou uma conversa que, sem abordar os assuntos evidentes, tampouco soava hipócrita ou desajeitada. O padre tinha habilidade para suavizar tensões. Quando não havia mais o que dizer que fosse próprio, os três saíram para uma caminhada nos jardins da clínica. No pátio por onde vagavam vários doidos, Carlos quis apresentar à filha e a padre Tonho, os dementes com quem travara amizade. Jesus Cristo andava por ali em busca de seu Monte das Oliveiras, e percebeu quando Carlos o chamou para as apresentações, mas preferiu ficar onde estava, em conversa com seus discípulos. A menina, o padre e Carlos sentaram-se num banco do lado gramado do pátio e por um bom tempo ficaram a olhar a esdrúxula cena produzida por uma centena de internos.

A filha queria entender.

Será que o pai se considerava parte daquilo? Será que estava tão fora de si, como às vezes se via na expressão de seu rosto, que numa clínica para doentes mentais conseguia se sentir natural? Será que sua naturalidade naquela tarde nada tinha de natural e que quando ela e o padre se fossem começaria a agir como os malucos à sua frente? Será que os doidos eram mesmo doidos?

— Padre Tonho — sussurrou a menina quando seu pai levantou para atender ao chamado de um maluco que o convidava a pular corda. — Você acha que tem coisa demais dentro da cabeça deles, coisas únicas que só eles têm coragem de pensar?

— Acho que pensam coisas demais sem conseguir separar um pensamento do outro. Não sei se é coragem. Estão aqui porque não conseguiram conviver com as razões do mundo.

— Tem uma ordem na desordem deles... Eles são felizes?

— Não. Os médicos dizem que não. Mas olhando estas cenas a gente fica sem saber, não é?

O pai batia corda para um doido pular. O doido ria muito.

Será que o mundo se tornara tão hostil para os malucos com suas idéias, que as paredes do hospício pesavam menos que o julgamento da gente de fora? Ela também se sentia aliviada. Ninguém a olhava com espanto, não era o fruto bizarro de uma família destroçada; ali ela não era sequer notada.

Chegou a hora de partir, e não houve mais abraços ou qualquer carinho entre pai e filha. Não dava, havia muito estranhamento por dentro e por fora. Mas apesar de tudo, do desconforto que duraria uma vida, se conseguiam se querer entre os doidos do hospício e os regrados do pensionato luterano, era certo também que o laço entre pai e filha independia dos olhares do mundo. Havia entre eles um entendimento perene e vigoroso que não se quebraria. Nunca.

Carlos permaneceu na clínica, deixando-se cuidar. Era tratado com barbitúricos que o ajudavam a selecionar os pensamentos e a traçar um plano de vida. Dormia poucas horas, recebia visitas dos amigos que não o abandonaram e do padre com reiterada freqüência. A filha não voltou ao lugar porque ficou combinado que uma vez na semana o pai sairia de dentro daquelas paredes para espiar o mundo e visitar os filhos na hospedaria luterana.

Ao fim de dois meses Carlos considerou que era hora de tocar em frente. Não lhe interessava reintegrar-se à vida que levava antes, mas sentia-se no dever de conduzir os filhos à maioridade — essa seria sua meta; depois disso, pensava, estaria livre para o gesto final.

Despediu-se do amigo dono da clínica, abraçou Jesus, recolheu os poucos pertences e saiu de dentro dos muros protetores para enfrentar a existência como um normal.

Ando por aí soltando uma regra louca sobre a paz de espírito e seus afluentes, mas nunca estive tão enrolada como nos últimos três anos. Escrevi crônicas para revista, publiquei livro, escrevi uma peça, viajo com ela pelo Brasil, irei a Portugal, participo de um programa na TV, até letra eu fiz nesse período, e o Francis Hime musicou. As revistas publicam matérias: "Maitê se reinventando", a "nova Maitê", "Maitê multifacetada". Multifacetada e chata. Estou insuportável. Ninguém me agüenta em casa, meus amigos andam fugindo de mim porque não tenho tempo pra eles e, quando tenho, não sei mais conversar, agora rosno. Caí em minha própria armadilha. Eu sou faço e aconteço, mas não consigo respirar, não tenho lazer, não tiro férias, moro em frente à praia e não encontro tempo para atravessar a rua e dar um mergulho, nem me lembro da última vez que fiz isso relaxadamente.

E a vida moderna? E os aparelhinhos do enlouquecimento? O computador com seus e-mails sem fim, o celular... Outro dia vi na tv uma competição de arremesso de celulares que acontece anualmente na Finlândia: um bando de gente fazendo aquela catarse... e os aparelhinhos voando longe. Achei lindo!

E a caixa de entrada, que não pára de crescer?! É uma espécie de suflê virtual cheio de ingredientes desnecessários que não fazem bem pra saúde. Quem manda na sua caixa de entrada? Seus e-mails ou você? Você sabe deletar e-mails já lidos, ou vai guardando para resolver depois, como eu? Roubada! Fica aquela fila de pendências intermináveis te azucrinando e crescendo, crescendo, crescendo... E-mail é um negócio que se multiplica mais que pulga em vira-lata. Tem que responder imediatamente, e o que não tiver resposta é pra jogar no lixo. Se for importante, volta, como notícia ruim.

Há que se respirar, fazer muito *pranayama* pra agüentar. No Japão há um provérbio que diz que para todo ser humano que nasce existe uma caixa fechada no céu contendo o número de respirações que ele dará durante a vida. Então, a gente pode escolher se quer gastar a cota tirando o pai da forca ou se prefere usufruir cada inspiração sorvendo o momento com prazer, instalado com as patas no presente! Eu já soube dessas coisas uma época, já pratiquei o aqui-e-agora, fui calma. E bem-humorada! Cadê? Coitada, esvaeceu-se na própria turbulência.

Quero meu tempo de volta. Afinal, quem foi que inventou o futuro? Os índios não foram, viviam um eterno agora no caça, come, deita, acabou, levanta e caça de novo. Os budistas lá no outro lado do planeta também nunca quiseram saber do amanhã. E por toda a Idade Média as pessoas viveram de forma essencialmente contemplativa, na adoração a Deus. Foram os burgueses e os humanistas da Renascença que inventaram de "acordar" o mundo. Resolveram que a religião seria repensada, e o modelo clássico, com o homem no centro das artes e ciências, seria adotado. Criaram o futuro e a necessidade de pavimentar o caminho até ele. O homem clamou pelo domínio da natureza, e surgiram as noções de planejamento e crédito. A questão era: qual a vida mais nobre, a da contemplação ou a da produção, devemos viver no ócio, ou optar por sua negação, o neg-ócio?

A conversa vai longe e é filosófica, mas, resumindo o problema que resvalou pra nossos dias, e para dentro da minha vida e possivelmente da sua, é o seguinte:

Renunciando ao agora e desistindo do ócio criamos uma civilização de prazeres adiados em nome de um porvir que não chega nunca. O lado bom dessa busca é o encontro com o novo e a sensação do renascer, pois o preço pago pelas tribos de ócio foi a ausência de desenvolvimento e cultura. Mas o preço pago pela civilização é o enquadramento do espírito, a correria e a falta de paz.

O que você faz no domingo? Consegue deixar a brisa levar ou precisa de uma intensa programação para o bom aproveitamento de seu lazer? Dá tempo de olhar em volta, sentir, ouvir, perceber o que se passa com as pessoas a que quer bem? E olhar pra si, fazer aquela faxina interna, dá? Porque a gente veio aqui para evoluir e encontrar a paz, mas será que é possível com tanto ruído ao redor? Sonho de rico é praia deserta, luz de lampião e rede com vista pro mar, ou seja, a vida do pescador.

Eva e Adão viviam felizes lá no ócio sublime. Quando cometeram o deslize fatal, Deus expulsou-os da Perfeição e como castigo impôs-lhes o trabalho. Mas Deus é pai, e mãe, e por morada forneceu um mundo de natureza equilibrada em que em se plantando tudo dá, facilitando as coisas a fim de que sobrasse sempre bastante tempo para os deleites do espírito. Muito se andou, as eras se passaram e chegamos aos tempos modernos. Vivemos a época do homem civilizado. No entanto, nunca como hoje fomos tão predadores e gananciosos. Machucamos Gaia até a Mãe gritar, e o castigo divino virou um vício esgotante. Estamos tristes, e se não cuidarmos agora do agora o futuro não vai existir. Acho que nem nas fantasias mais tortuosas Deus imaginou filhos tão destrambelhados.

Exausta e de joelhos, peço perdão. A Deus pela parte que lhe cabe, a você que me lê pelo "filosofês".

* * *

É duro ter que viver dia após dia consigo mesmo: o grande cansaço é de si próprio.

Quando viajo hoje, é para ficar invisível, para separar-me daquela que todos reconhecem na rua. Se não posso deslocar-me fisicamente, rezo ou medito para que a consciência se altere e eleve meu pensamento. Toda vez que interrompo essas práticas e dou pra pensar que preciso de mais dinheiro, que quero mais admiração das pessoas, ou que embarco em qualquer canoa do gênero, o que acontece é que de fato atinjo meus objetivos, mas com o altíssimo custo da insatisfação pessoal.

Caminho pra longe de mim, vou de costas pra verdade.

Esta noite tive um pesadelo. A verdade se encontrava do outro lado de um vasto oceano, e eu não sabia nadar.

* * *

Há qualquer coisa de transgressor em se abrir assim, feito uma lata de sardinhas. É uma espécie de suicídio em praça pública. Estarei dando meu quinhãozinho contra a hipocrisia geral?

Penso em meu pai... Às voltas com o processo judicial pela morte de minha mãe, época em que virou manchete de todos os jornais e sofreu as humilhações mais diversas, num dia que a coisa sobrou pra mim (sobrava sempre, ninguém compreendia por que eu continuava ao lado de um pai vil), Eduardo desabafou:

— Se eu me livrar disso tudo, vou alugar um helicóptero, encher com sacos de bosta, e lá de cima, eu e você, minha filha, vamos despejar toneladas de merda na arrogância dessa gentinha!

Nós morávamos no bairro mais rico, da cidade mais rica, do estado mais rico, deste Brasil pobre. E gente rica, famílias tradicionais do interior de SP tendem a ser muito intolerantes com desvios de conduta em outras famílias (os de suas próprias eles escondem, claro). Então depois que meu pai fez o que fez, não dava pra continuarmos morando no mesmo lugar. Quando quatro anos mais tarde resolvemos formar novamente uma família, agora de três — Zuza havia se casado —, meu pai comprou-nos uma casa num bairro operário.

— Gente pobre não tem fricote, basta a vida pra carregar.

Por meses comemos macarronada no café, almoço e jantar. Não parava empregada em casa porque éramos pessoas caóticas vivendo uma confusão familiar com um doido no comando, e elas não nos agüentavam. Então quem cozinhava era meu pai, que aprendera nos anos de viver só, e sua culinária limitava-se àquele único prato, com mais pimenta, menos páprica, mais manjericão, tomates cortados em vez do molho, ao sugo em vez de cortados, até supositório ele colocava pra me provocar. Três meses disso e eu não suportava mais. Resolvi aprender a cozinhar e me dediquei à coisa com tal afinco, que virei um mestre-cuca. Sabia fazer rosbifes no ponto, croquetes crocantes, empadinhas que derretiam na boca, lagarto temperado com especiarias exóticas e cortado em fatias quase transparentes, batatas douradas no forno, alcachofras com molho azedo, arroz de sobras que eu enformava para ficar com os contornos de um coelho, delícias sem fim. Gostei daquilo e cozinhei alegremente por um ano, até que um dia meu pai resolveu dar uma mexida na rotina:

— O que você vai fazer quarta-feira à tarde?

— Não sei, por quê?

— Quero me casar e gostaria que você fosse madrinha.

Aceitei. Na igreja, além do padre, só havia padrinhos; eram todos amigos de meu pai, que por incrível que pareça ainda guardava um bom punhado. O único convidado sentado nos bancos era meu irmão pequeno. O grande não apareceu e não me lembro por quê, talvez tivesse algo para fazer na quarta-feira.

Assim chegou ao fim minha atividade culinária. Achei mais apropriado que a esposa de meu pai assumisse a função. A bem da verdade, eu já andava cansada daquela obrigação, e achei ótimo ensinar tudo para S., que estava louca para se integrar naquela casa de gente esquisita onde ela tentava se introduzir sem saber se colocava antes o pé esquerdo, o direito, se pulava dentro com o corpo todo, ou saía correndo pra nunca voltar. Ficou.

Uma noite, papai, aquela flor do pântano, intranqüilo com os bichos da vizinhança, teve uma idéia que vale o relato.

Gente pobre não tem fricotes, mas tem gatos, cachorros, papagaio e muitas pessoas falando alto umas com as outras dentro da casa coladinha na sua. Meu pai estremecia com aquilo. O homem era um intelectual, e gente como ele precisa de silêncio como a planta precisa de luz. Papai saía de seu escritório no fundo da casa e munido de um estilingue tentava atingir o papagaio do vizinho, três casas adiante. À noite, para dormir, Eduardo, que era insone, claro, com o intuito de desligar os cachorros das casas ao lado, jogava-lhes bolas de carne contendo valiums poderosíssimos. Acontece que havia todos os outros cães do bairro que continuavam latindo em coro numa opereta interminável. Cachorro de pobre late mais do que cachorro de rico, mais vezes e mais alto, e essa é outra verdade com a qual meu pai não conseguiu lidar. Ou melhor, conseguiu, à sua maneira.

Uma noite, todo encapotado, com sobretudo à la Bogart, o colarinho para cima e tudo o mais, ele me chamou. Era meia-noite, e eu lia pra dormir:

— Nada disso, você tem que me ajudar, venha.

Pulei da cama e fui com meu pai para a rua. Ele levava uma sacola com alguma coisa dentro e andava pé ante pé como uma pantera cor-de-rosa seriíssima, olhando muito para ambos os lados. Minha função era avisar se surgisse alguém. Apavorada, fiz o que pude, enquanto meu pai distribuía bombas de carne para os bichos das redondezas. Por sorte não apareceu ninguém, porque aquela noite as bombas continham algo bem mais forte. No dia seguinte todos os animais do bairro amanheceram mortos. E meu pai pôde trabalhar em paz. Por uma semana. Porque na semana seguinte os vizinhos já tinham novos vira-latas, gatos, cachorros, papagaios e afins. A bola girou e tudo voltou ao que era antes.

Um mês depois do genocídio canino, tranquei matrícula na faculdade e fui-me embora pro mundo. Fui morar em Paris.

Carlos encontrou um sítio afastado na cidade de Valheiros. Era conveniente porque assim não se afastava demasiado dos filhos em Planícies, nem da capital para onde teria de ir e vir a fim de acompanhar os autos do processo criminal que corria na justiça. A casa de três pequenos quartos estava bastante abandonada, o que lhe pareceu perfeito. Ali sozinho qual um ermitão, pôde dar vazão às tribulações que lhe atormentavam o espírito há anos e que tinham no assassinato de Consuelo sua expressão mais contundente. Falava só, berrava para os ares, defecava de porta aberta, não trocava de roupa, comia quando lhe dava na telha, não comia. Levava a fúria no peito. No rosto, o desconsolo. Largou-se dos afazeres domésticos, e da higiene pessoal só cuidava quando necessitava absolutamente sair de sua caverna. Deixou crescer a barba do rosto, assim como o mato em volta da casa para que um eventual passante não suspeitasse que havia vida nas redondezas. O mato cresceu dois metros.

Na casa havia ratos. Ao cabo de certo tempo, o ermitão acabou afeiçoando-se a eles. Certa noite, ao ver um de seus bichos de estimação impedido, pelas portas que mantinha fechadas, de transferir-se de um cômodo a outro da casa, resolveu auxiliá-lo. Com uma chave de fenda e martelo, perfurou todas as paredes da casa na altura em que estas se encontravam com o chão, de forma a produzir pequenos arcos por onde seus amigos, ratos e ratazanas, pudessem passar sem impedimentos. Todos os cômodos estavam agora interligados por essas aberturas, túneis de rato.

Abelhas também moravam na casa, e certo dia aconteceu com elas uma tragédia sobre a qual Carlos, em seu refúgio, escreveu assim:

> "As abelhinhas, minhas hóspedes e amigas. Pobres. Que animal estúpido que as matou em grande quantidade sou eu! Abri a porta e a sala foi invadida por muitas delas. Bombeei-as com um desses produtos que servem para matar moscas. Em pouco tempo já não mais podiam voar. Arrastavam-se pelos vidros, a maioria em busca da luz que se confunde, também para elas, com a salvação. Em seguida me veio a idéia de entreabrir a porta e bombear a casa, caixa, colméia ou sei lá o nome. Bombeei uns quatro ou cinco minutos. Não acreditei que os efeitos pudessem ser particularmente maléficos, pois a área onde elas construíram a sua casinha dá para o ar livre.
>
> Agora à noite vi que a casa estava aparentemente vazia. E que algumas dezenas delas (minhas pobres amigas) estavam imóveis, dormindo (as abelhas também dormem, devem dormir) no teto da varanda. E muitas, muitas outras jaziam mortas no chão. Minhas companheiras, minhas amigas inocentes, que nunca nenhum mal me fizeram. Tive vontade de chorar com o resultado da minha obra destruidora. E um grande arrependimento me veio. Matei-as por medo de um dia ser atacado por elas. Mas qual, elas nunca me fizeram mal, nunca o fariam. Matei-as porque os homens são duros e maus. Que poderia fazer eu

agora para reparar o meu crime? O único que cometi e de que me arrependo."

Essa pequena crônica faz parte dos escritos de Carlos que denunciam seu estado de espírito naqueles dias. Mas, se esse homem comovia-se como um franciscano diante da morte de pequenos insetos, vejamos o que sentia sobre o assassínio da mulher que amara ao desespero. A menina encontrou o papel sobre a mesa da sala num dia em que foi visitar o pai em seu pardieiro. Pegou-o para ler porque falava da mãe:

> 'Como nos amávamos! Quem entreveria naquela mulher a hedonista cínica em que se transformou? Não me arrependo em nada de tê-la matado. Ainda que tivesse de pagar, a meu gosto, também com a vida. Pelo contrário, a destruição da Consuelo pelo meu assassinato me fortifica e me enobrece perante mim mesmo. Aplaudo o outro ser, esse 'alter ego' que a abateu a facadas.
>
> Nas primeiras semanas matei-a inúmeras vezes. Levantava o braço, cerrava um punhal nas mãos com ódio e no vai-e-vem estertorava, grunhia: 'filha-da-puta, filha-da-puta...'.
>
> Intercaladamente em outros momentos, me vinha nitidamente ao espírito a visão da Consuelo morta, metida no esquife. Via-lhe a cara apenas; distinguia os traços, o cabelo preto e liso caindo nas têmporas num penteado em forma de bandó que ela nunca usou.
>
> Enternecia-me então. Continha as lágrimas... Contenho as lágrimas.
>
> Nunca mais a vi nitidamente como eu a via, na sua forma humana verdadeira, a não ser enevoada. Não voltei a apunhalá-la, e a sua cara no leito da morte não mais se desenha na minha

mente, a não ser em momentos fugazes — agora poucos meses após o crime.

Ela não me abandona, é claro, nos meus momentos de solidão. Os dezoito anos de vida em comum fornecem ao meu espírito uma imensa massa de recordações. Nos primeiros dias era uma sucessão rapidíssima de imagens desordenadas no tempo. Agora o processo mental prossegue, mais lento apenas. A preocupação obsessiva de apreender pelos sentidos ou compreender pelas faces escusas da razão humana a sua estrutura moral não me abandonará jamais. Para desvelá-la, li tudo o que deixou escrito: cartas, teses, tratados filosóficos, ensaios. Eu talvez nunca chegue a sentir os homens e as coisas como ela sentia... Assim como também os outros, reportando-se necessariamente a suas experiências, nunca terão elementos para perscrutar a minha realidade dentro da história da minha vida. Todos vivem pelas suas Verdades e estrangulados nos seus preconceitos, aliás como eu ... Eles, os outros, amaram um pouco ou nada. Uniram-se como qualquer animal, na idade em que os animais copulam facilmente. Os que não procuraram a excitação de novos corpos, foi por temor de sanções 'divinas'. Poucos conheceram em idade viril as inibições do sexo que exclui concorrentes. Desconheceram o Amor. E assim, desconhecendo-O, ignoram as suas verdadeiras penas e os seus estranhos e ignóbeis ardis. Mas o que se pode esperar de uma geração que venera John Wayne?"

Tenho vinte anos e é a primeira vez que piso em solo indiano. Ando pela rua atenta às excentricidades a meu redor quando um desconhecido segura-me pelo cotovelo e diz:

— Abra a mão, eu preciso vê-la.

O homem analisa por alguns minutos minha palma estendida, levanta os olhos fitando os meus — há cinco mil anos de sabedoria a nos separar... Ele ordena com calma:

— Volte para o seu país, seu pai está muito doente.

O único pedido que Eduardo fez quando me mudei para a Europa é o de que não me aventurasse até a Índia. Tinha pavor de que pudesse desaparecer por aquelas bandas e enviava-me recortes da revista *Time* contendo artigos sobre o mercado de mulheres brancas e outros terrores afins.

Mas eu fui.

Não sei se por culpa, se pelo vaticínio do homem da rua, ou se foram outros viajantes que, não agüentando o tranco indiano, caíam doentes à minha volta (R., o namorado, caminhava para a hepatite), o fato é que comecei a imaginar haver também algo de muito errado com meu organismo.

As pré-monções tornavam o ar pesado e elevavam as temperaturas a 45° à sombra. Assim, rumamos para o norte, onde o clima é mais compatível com a vontade de viver. Em Dharamsala marco consulta com uma médica tibetana, entro no consultório, pé-direito alto, as paredes revestidas de prateleiras continham centenas de potes de vidro transparentes apinhados de bolotas cor de chocolate. Achei-as lindas e apetitosas. Seriam remédios antigos para a cura de todos os males? Em segredo desejei estar severamente adoentada para necessitar de um tratamento longo e complexo. Entro na sala da médica com o corpo curvado pela gravidade de meu estado e me ponho a falar. A mulher segura meu pulso e observa. Percebo que analisa minhas retinas, estuda a cor de minha pele, o tônus, o ritmo de minha movimentação, e mais, muito mais. Aquela senhora a minha frente vinha de uma linhagem de médicos. Fora o Dalai Lama em pessoa que, ainda no Tibete, quebrara a resistência de seus pais e tios para que pudesse seguir um dom — a medicina —, contrariando a tradição do país de não aceitar mulheres na função de cura. Quando Dalai fugiu para a Índia, fixando-se em Dharamsala, a jovem de então seguiu-lhe os passos tornando-se médica oficial de Sua Santidade. Naquele momento, sentada à frente da senhora bonita com ar maternal, eu não sabia nada disso, e matraqueava sem parar a respeito de meus inúmeros males.

— Além de tudo, tem um ano e meio que eu não menstruo. A única vez, desde que deixei o meu país, foi num dia em que visitei a Bretanha no inverno, e do alto de um penhasco avistei o mar. O sangue me correu pelas pernas, mas ao ir-me dali a coisa estancou e não voltou mais. Clínicos europeus receitaram hormônios sem que estejam me faltando. De qualquer forma, sou naturalista e não tomo isso.

— Você não tem nada. Está perfeitamente saudável. Apenas seu corpo, tendo que se adaptar todos os dias a um lugar diferente, uma cultura distinta, outra comida, outra água, outro tudo, resolveu te poupar de uma função a fim de que sobre energia para tanta novidade. Não vou prescrever nenhuma das bolinhas que deseja tomar, pois você não precisa delas. Siga feliz porque tem muita saúde. Quando chegar a seu país voltará a menstruar regularmente.

Dito e feito. Pisei no Brasil e minhas regras vieram em uma semana; até o dia de hoje funcionam pelo relógio.

Ah sim... O diagnóstico do homem em seu vaticínio sobre meu pai também estava correto.

Nessa mesma viagem, para poupar dinheiro, hospedamo-nos num monastério que servia comida de graça. Veja bem, comida de graça na Índia! Quando à hora do almoço abriam-se os portões para o enorme balcão de refeições, aquilo virava um deus-nos-acuda. Íamos prensados no movimento da turba até arranjar um lugar para sentar onde não fôssemos pisoteados. É que na Índia há uma hora em que a loucura assenta para dar lugar a Deus — as pessoas serenam, tudo pára, e estabelecem-se o respeito e a gratidão. Pela comida, no caso: uma papa amarela de ingredientes misturados, ou seja, qualquer coisa... com curry. E comia-se com a mão. De noite também, na hora de dormir, o padrão se mantinha: estendia-se um pano no chão e... trate de ser feliz.

Estávamos nessas circunstâncias quando um dia R. sai para alguma providência e não volta. Não volta no outro dia, nem no seguinte, e nem no próximo. Eu já o havia procurado pelas redondezas, pelas distâncias, nos hospitais, e estava quase avisando a embaixada, quando R. aparece lépido e fagueiro, barba feita, bem-disposto, largo sorriso nos lábios.

— Onde você se meteu?!

— Você não vai gostar.

— Não me enrole, onde você se meteu?!!

— Encontrei um hotel três-estrelas, com ar-condicionado, colchão macio, lençóis de algodão, banheiro no quarto, chuveiro...

— Você gastou todo nosso escasso dinheiro porque não deu conta de um pouquinho de desconforto?

— Tá vendo, você não teria topado, eu sabia e fui sozinho. Não agüentava mais...

Atirei-me por cima dele e comecei a espancá-lo no meio da rua. O povo encantado abriu um círculo para nos dar vazão, e pôs-se a saborear aquilo, achando engraçadíssima a histeria da mulher branca ante a serenidade do grandão feliz. R., sábio, não reagia, deixava que eu o esmurrasse até se desgastarem os três dias de preocupação passados, e mais aqueles de um futuro sem grana que ainda estavam por vir.

Ficou preto de hematomas.

Viajamos o mundo juntos, R. e eu, e descobrimos no desconhecido um prazer que até hoje permeia nossas vidas. R. foi fundamental na minha formação e nosso amor-adolescente durou quatro anos. Ao voltar da Índia, R. teve a sorte de se livrar de mim para casar-se com uma mulher que o admira e estimula. K. lhe deu dois lindos filhos por quem sinto um amor... maternal. Além disso, ela organizou nossas fotos de viagens (dele comigo) em magníficos álbuns contendo índice, relatos e histórias, que, não fosse por seu desprendimento, o tempo teria apagado. Se um dia R. se separar de K., eu me casarei com ela.

Não bastasse a bela amizade que perdura, nunca esquecerei dos momentos cruciais em que a família de R. reunida largou seus afazeres para me trazer o afeto e conforto que lavaram as minhas feridas.

* * *

Passei um ano sem tocar nestes escritos.

Há dias cheguei de Portugal, onde estive em turnê com minha peça. Antes disso andei pela Ásia, Vietnã, Laos, Índia.

Tudo mudou. Dentro de mim há outro ânimo.

Aterrissei na minha cidade e sobreveio-me uma alegria sem fim. Estamos em março, e este é o melhor momento do Rio, o pós-carnaval, final de verão, prenúncio do outono, em que tudo se abranda e fica numa intensidade tolerável. Pode estar em guerra como está, com atrocidades a acontecer diariamente, e ter mais de mil defeitos como tem, escancarados... mas em graça e delícias, minha cidade é sem par. Não sei se foram os três meses de andanças, talvez o tempo longe de casa é que está me fazendo apreciar coisas que já não percebia, flanar por aí, ir à praia como fiz hoje, estar com os amigos jogando conversa fora, como fazemos sem culpa — é bom. As paredes de minha casa estão rachando, e a mulher que me arruma as coisas e que sabe muito da vida prática disse que é o calor, que a tinta não foi feita pra essas temperaturas. Achei lindo viver num lugar que rasga fendas escaldantes nas paredes. Gosto de sentir calor em vez de frio. Além do mais, tem alguma coisa acontecendo dentro de mim, alguém acordou e está se batendo para sair, alguém que me dá energia e vigor. É como se eu estivesse de luto e agora esse tempo passou. Sinto-me levemente embriagada, naquele ponto em que a lucidez aumenta e ainda não desabou, deixando a gente com uma dimensão mais perfeita da vida.

E hoje há um eclipse no céu. Eclipse completo da lua!

Na sala minha filha lê Graciliano Ramos com cara de tédio. *Vidas secas*. Graciliano escrevia bonito, enxuto. Na capa do livro ele ensina mais ou menos assim: Deve-se escrever como as lavadeiras de Alagoas que molham, torcem, molham novamente, voltam a torcer, colocam anil, ensaboam, torcem de novo, depois enxáguam, agora jogando água com a mão... torcem. A palavra não foi feita para enfeitar, brilhar como ouro falso, a palavra foi feita para dizer.

E eu aqui, depois do recesso, depois de um ano em que não houve tempo, perdi tantas histórias, perdi o jeito, não sei por onde recomeçar. Torrentes de palavras me atropelam, e desarranjadas se eclipsam atrás das outras antes que eu consiga lidar com elas.

* * *

Quando estive em Mianmar, antiga Burma, me deram por guia uma senhora que se chamava Ma Moh. Passei um mês com ela para cima e para baixo conhecendo seu país, e num fim de tarde, no meio de um imenso lago, remando de uma margem para a outra, revelei-lhe algo que começava a ficar nítido dentro de mim.

— Você é muito melhor que eu, Ma Moh. Eu não sou assim, apenas estou assim, mas sou pior.

Desde que pisara naquele país, acordava todo dia com uma surpreendente disposição para o bem. Ali ninguém imagina que um outro possa trapaceá-lo, fazer uma pequena maldade, dar uma passada de perna. Então a gente não dá. Trinta dias disso quase me fizeram acreditar que a humanidade é essencialmente boa e que eu mesma poderia ser inocente até o fim. Foi um descanso profundo, uma vacina contra torpezas que durou pouco mas fez maravilhas com os meus interiores.

Então, quando Ma Moh intrigada me explicou que eles de Mianmar consideravam o povo vizinho de Laos a melhor gente do mundo, soube imediatamente que precisava ir para lá, pois, se tinha pessoas ainda mais puras, Laos seria o Shangri-lá.

Doze anos se passaram e, por fim, meu último *réveillon* aconteceu em Laos, num lindo hotel da capital antiga de Luang Prabang. A capital mesmo se chama Vientianne e, não fosse por uma imensa avenida central com um esdrúxulo arco de triunfo no meio (como os comunistas precisam da imponência arquitetônica para exibir poder!), seria uma perfeita cidadezinha de interior. Já Luang Prabang é uma vila com a rua principal repleta de lojinhas de artesanato, bistrôs e cafés onde a gente vê turistas se conectando à internet sem fio (sim, ela chegou no fim do mundo também), lindos casarões de estilo francês e mosteiros budistas, os mais suntuosos, a cada 30 metros.

De manhã várias centenas de monges enrolados em seus robes laranja saem de todos os monastérios e seguem em procissão, carregando cada um sua marmita de bambu. O povo ajoelhado ao longo das calçadas, com as mãos juntas em agradecimento pela oportunidade da doação que estão para fazer, deposita ali a comida do dia. É um ritual organizado e silencioso que coincide com o nascer do sol. Passei uma hora de joelhos numa esteira de palha às cinco da manhã, achando lindo, porque os locais me garantiram que alimentando os monges eu estaria doando ao próprio Buda.

Faria aquilo mil outras vezes, pelo Buda, por mim, mas principalmente pela singeleza do espetáculo.

Laos não é Shangri-lá porque quem o governa é uma ditadura comunista e porque, ao contrário do vizinho vietnamita, a prosperidade econômica ainda não chegou. Mas está evoluindo e no ano de 2006 cresceu 7%, bem mais do que nós brazucas por exemplo, mas isso não é vantagem. Vantagem é algo que para nós do lado progressista do mundo parece inimaginável. Mais de 60% dos adolescentes homens vivem por pelo menos um ano de suas vidas dentro de um monastério, meditando e estudando para se preparar para a vida adulta. Ou seja, enquanto nossos rapazes servem o Exército no preparo da força bruta, lá os meninos são estimulados a habilitar o espírito, aquele que edifica, exalta a paz e é indestrutível. Isso, a meu ver, fala por si.

Já o Vietnã é um país de guerreiros, que enfrentou chineses, franceses e americanos ao longo de sua história. Os últimos invasores foram os EUA, que se meteram no meio de uma guerra civil nos anos 50 e só foram embora, derrotados, em 1975. Mas vitória não significa que tudo são flores. Estive ali e vi um país ansioso, descaracterizado, cuja identidade mutilada ainda não encontrou nada de consistente para colocar no lugar das perdas. Não se fica de cabeça erguida vendo a mãe ser estuprada, a irmã se prostituir, a religião ser achincalhada e sua cultura de milênios virar motivo de chacota para um bando de jovens ignorantes cujo país nem 200 anos tem (não tinha à época). Não se passa intocado por isso.

Saigon e Hanói são cidades nervosas e barulhentas como toda grande cidade da Ásia. Há muita gente por toda parte. Ninguém vai a pé, quem antigamente possuía uma romântica bicicleta agora, com o progresso econômico, está em cima de uma vespa. Buzinando. É ensurdecedor. Ficarão todos surdos antes da hora, mas suponho que dentro de uns anos a tecnologia, de que eles gostam tanto, terá arrumado uma saída para esse problema.

O norte é mais interessante que o sul, e os caminhos até ele são repletos de campos de arroz que fatiam vales verdes encharcados de água.

Gostei mais de Laos do que do Vietnã porque há uma mansidão no ar, porque tudo é pitoresco, e porque o povo é feliz; a existência ali é uma bênção, nada ainda se deteriorou. Mas em ambos os países vi em toda gente algo que na minha terra não encontro em quase ninguém. Dignidade. O cidadão pode ter muito ou muito pouco, mas o que ele tem é seu por merecimento. Não roubou, não trapaceou, não enganou ninguém para conseguir, apenas trabalhou um dia depois do outro e se fez respeitado por isso. Ele também se respeita. Por isso.

* * *

Passei duas semanas na Índia. Se bem que o Centro Espiritual do Osho não é exatamente a Índia que eu conhecia de viagens anteriores, trata-se de uma comunidade internacional onde gente do mundo todo busca dentro de si o encontro com as verdades e o porquê.

Osho é um sábio que deixou o corpo em 1990. O centro (*ashram*), que ficou para seus discípulos, ensina técnicas de meditação ao homem moderno que não consegue esvaziar o ego mas deseja encontrar a paz.

Fui com T., o namorado. Já tendo passado pelo Vietnã e Laos, T., que preferiria estar surfando no Havaí, pousou na Índia com a boa vontade de quem adentra a sala do urologista.

— Se você acha que eu vou me meter num robe vermelho de veado e ficar cantando musiquinhas pra Shiva está muito enganada.

— Não se trata disso, mas, se você preferir não ter a experiência, pegue um vôo pra Paris e vá curtir a noite. Eu te encontro depois.

T. preferiu ter a experiência.

Quando chegamos em Puna, depois de uma viagem de 16 horas com incontáveis escalas em aeroportos asiáticos, e ele viu o formigueiro de gente por toda parte, ratos e baratas pelo chão, um empurra-empurra que nem no Maraca em dia de Fla-Flu, e um calor que só mesmo na Índia às duas da manhã... T. desconsolou-se. Enquanto meu namorado trocava dinheiro a contragosto, fui pra fora do aeroporto tentar encontrar o carro que nos levaria ao *ashram*. Doze homens se ofereceram para carregar minhas malas em troca de dinheiro. Eu havia colocado tudo num carrinho, não precisava de ajuda, e não tinha dinheiro ainda, apenas muitas notas de cem dólares na bolsa que pendia de meu ombro. Qualquer um podia roubar a bolsa ou um dos meus cinco volumes e sair correndo pelo meio da balbúrdia geral na noite mal-iluminada. Mas isso não aconteceria, e eu sabia, ou assim decidi pensar, já que nunca fora assaltada na Índia. Quando T. chegou, tudo já se encontrava no carro pronto para seguirmos viagem.

As estradas na Índia têm mais carros — velhos — do que qualquer outro canto do planeta, e nas pistas de mão dupla os motoristas disputam uma espécie de globo da morte em linha reta, cujas regras só eles compreendem. Os carros e caminhões vindos de direções contrárias, ao se avistarem, alinham-se, enfrentando-se até o último instante, e aí, só aí, giram bruscamente o volante de forma a desviar da eternidade. Ao passageiro recém-chegado no país resta a reza forte.

Duas horas daquele ritual iniciático, e T., enfraquecido, convencera-se de que adentrara o inferno.

Chegamos ao *ashram* e tudo passou. À entrada havia uma fonte iluminada onde flutua uma estátua branca do Buda em tamanho natural, a mais simples e elegante que já vi. Era noite, mas a iluminação valorizava a beleza do lugar. Percebia-se também que tudo era limpo e espaçoso e que ali havia calma e silêncio no ar.

Acordamos no dia seguinte e uma amiga querida, seguidora do Osho, que foi nossa anfitriã na visita de dez dias, levou-nos para comprar os tais robes de veado. A amiga é daquele tipo veemente que a gente simplesmente não contradiz, se ela achar que algo está bom, concorda-se e pronto. E foi com ajuda dela que eu consegui que um T. atordoado saísse da loja inteiramente vestido com o uniforme local, bata vermelha até o pé, meia vermelha, manta vermelha, e uma esteira enrolada para meditação. Tive que me enfiar no trocador e rir de lágrima antes de fazer coro com a amiga para confirmar a T. que parecia lindo, que nascera praquilo.

Como estava na chuva e do outro lado do mundo, inventei uma programação intensa para o resgate de minha paz interior.

Para começar, às 5:30 de cada dia eu acordava e em jejum praticava meditação dinâmica com outros mil madrugadores. Explico. Entra-se no Osho Hall todo de mármore branco, sistema de ar purificado, teto em forma de pirâmide, e com todos descalços, sem uma palavra ou qualquer tipo de ruído, começa-se a sessão às seis em ponto. Por dez minutos expira-se forte, curvando o corpo para dentro pra que não fique um fio de ar, em seguida, ouve-se "be mad", e por 15 minutos as mil pessoas, sem sair de seus lugares, seguem aquele comando, cada uma à sua necessidade. Nos primeiros três dias eu pulei, gritei, imitei animais, uivei sobre quatro patas e chorei muito. No quarto dia fiz pipi nas calças, babei e chorei muito. No quinto, quando cansei de uivar, me esgoelar e chorar muito, passei a falar comigo mesma em sânscrito e aramaico, deitada no chão com as pernas para o ar. E assim fui progredindo a cada dia por dez dias. Depois do "be mad", grita-se uh uh uh, pulando com os braços para o alto por mais dez minutos. Em seguida pára-se na posição que se estiver e brinca-se de estátua por mais dez. Por fim dança-se cinco, e então faz-se um silêncio profundo por ainda dez minutos. A sessão dura uma hora. Se alguém estiver com tosse ou espirrando não deve entrar no Osho Hall, ali não se pode espirrar, exige-se silêncio absoluto. O fato é que a certa altura fica quase fácil esvaziar a mente dispersa já que tudo o mais foi catarticamente espremido para fora do corpo. Assim, dá-se a meditação.

Depois da "dinâmica" eu tomava café com T., com a amiga anfitriã e com os amigos que se vai fazendo a cada dia. Em seguida, rumava para o grupo de estudos que eu havia escolhido. Minha amiga me aconselhou a entrar num grupo que pretendia reviver as constelações familiares. Ela e a filha haviam feito e adorado. Topei. No segundo dia, o instrutor pediu que eu relatasse para o grupo uma parte traumática da minha vivência em família. Compus uma lista silenciosa e tive certa dificuldade para escolher um único tópico, mas por fim soltei lá uma situação, que contei da forma mais leve possível. Foi um ohhhh geral. Começou então uma encenação daquilo, com um coreano fazendo meu pai, uma romena fazendo mamãe e um chinês de Shangai fazendo o irmão menor. Lá pelas tantas, o instrutor interrompeu a coisa porque, segundo ele, eu não estava cooperando, eu *tinha* que olhar na direção da cena que ele havia armado. Mesmo que não quisesse eu *tinha* que olhar. Nesse ponto me subiu um calor pela medula, virei-me e respondi que eu não *tinha* que nada, que aquilo estava tudo errado, que ele não havia nem começado a entender o que se passara de fato, e que o enfoque que escolhera, em que o drama de minha família tinha origem no conflito entre índios e portugueses coloniais, era um blefe com o qual eu não conseguia mesmo me relacionar, que eu gostava muito de índio, mas naquele momento eu queria é que eles se danassem, e assim por diante. Então aquilo que era para ser um momento de enlevo espiritual e compreensão mais densa dos acontecimentos virou um barraco de morro da pior qualidade. Mas no dia seguinte, para surpresa de todos, o instrutor retomou minha história por outro ângulo, deu um tiro certeiro e, ao fim de tudo, quando o grupo chegou ao término, eu havia estabelecido belos laços de afeto com muitas pessoas ali. Inclusive com o instrutor, um psiquiatra alemão, duro, mas nem tanto.

Depois da "constelação" havia o almoço, o grupo de novo, outra meditação parecida com a primeira, e às 18:30 o *ashram* inteiro se reunia no Hall para ouvir uma fala do Osho em vídeo. E, melhor de tudo, para dançar com banda ao vivo e meditar meditar meditar.

Quando no último dia virei pro lado e vi T. alegríssimo, dançando frenético, gritando Osho de mãos pro alto, bata até o pé, no meio de cinco mil desconhecidos, percebi que aquela experiência se revelara um acerto. E que o "solta tudo e deixa a catarse rolar" havia acontecido não só para mim.

* * *

Como não é só de mestres indianos que se faz uma busca espiritual, já me interessei pelo candomblé, umbanda, islamismo, sufismo, santo-daime, física quântica, *O mágico de Oz*, Harry Potter, e, você entendeu. E houve uma vez em que virei católica. Catolicíssima. Era das dez mais católicas do Brasil. E do mundo! Sim, porque a minha conversão deu-se na Croácia (em guerra), mais precisamente numa cidadezinha chamada Medjugorie, onde cinco crianças andavam tendo contato diário com a Virgem, em pessoa.

Tudo começou porque, lendo os escritos de Tereza D'Ávila e João da Cruz, deu-me vontade de adaptar aquelas histórias para teatro. Só que eu precisava, como complemento, entender o que era a vida na clausura. Rumei pro convento das carmelitas em Santa Teresa, no Rio de Janeiro, e expliquei meu caso à monja que me recebeu entre grades seculares, ela de um lado e eu do outro. Tentei com caras de pau de todas as cores, mas não houve jeito: eu não poderia passar dois meses na clausura, aquilo era para vocacionados e não para mocinhas fazerem laboratório de teatro.

Não correu como eu queria, mas em compensação fiz uma amiga inigualável, a irmã Verônica. Ficamos íntimas. Ela conseguiu autorização para orientar-me no projeto teatral uma vez por semana. Eu aguardava na saleta de pedra dois por dois com grades grossas de ambos os lados e um vazio no meio para impedir o contato físico, até que chegava a freira, e então conversávamos entusiasmadas sobre os mais diversos assuntos. Irmã Verônica era livre, leve e culta (depois de rezar e limpar o convento, suponho que sobre bastante tempo para o estudo e a leitura). Por viver isolada, minha monja era sem os condicionamentos comuns, e, por ser generosa era sem preconceitos.

Um dia eu estava muito triste, traição de melhor amiga ou coisa do gênero, e fui me aconselhar com a irmã. Chorava as lágrimas de uma vida — aproveitei também para sofrer outras dores — e aquilo impregnou as paredes do convento, remexeu pesares ancestrais e, por fim, rasgou o peito da monja. Irmã Verônica pôs-se a rezar fervorosa, enquanto eu, de joelhos (não faço por menos), rezava junto.

Quando secaram-se as lástimas, a irmã me explicou que eu iria a Medjugorie. Que lá estavam acontecendo fenômenos milagrosos, e que os fluidos daquelas transcendências me curariam de todo mal. Mas por ora ela mandaria abrir a capela do convento para eu rezar aos pés do altar. Eu deveria me colocar em frente ao sacrário...

— O que é isso?

Ela explicou.

...e entregar minhas dúvidas, o coração, e qualquer outra parte que estivesse em igual estado de degeneração, ao Cristo.

Fiz exatamente como ela mandou, e mais tarde, ao chegar em casa, pedi à secretária que ligasse pras carmelitas e perguntasse como era mesmo o nome do lugar para onde eu devia ir.

— A irmã Verônica não vai atender, mas que lhe perguntem e nos repassem o recado. É urgente, Renata, nós partimos amanhã, compre duas passagens porque você vai junto.

Renata desencavou uma excursão que saíra do Brasil havia dois dias e rumava pro tal lugar. Nos juntaríamos a ela em Ancona, no leste da Itália, para fazer a travessia de barco até Splitz do outro lado, e dali a Medjugorie, atravessando a Croácia de ônibus.

— Não há por que se preocupar com guerra, Renata, durante esses anos de conflito não caiu uma só bomba em Medjugorie, é protegida.

— E o trajeto?

— É protegido também.

Protegido quiçá contra ataques bélicos, mas não contra o desvio de bagagens. Ao chegar em Ancona, percebi que minha mala não havia desembarcado. Jesus queria que eu me desapegasse dos bens materiais e havia pregado uma pequena peça; tudo bem, não ia perder o humor por isso. Não mesmo. Foi Renata quem saiu feito uma desesperada pela cidadezinha para me comprar calcinhas e sutiãs decentes enquanto eu recebia a solidariedade do grupo. O grupo de senhoras beatas, todas acima dos setenta, ia me ajudar, eu que ficasse tranqüila. Fiquei. E passei 15 dias de um verão escaldante usando calças e camisetas de lã (gente velha tem frio) tamanho GG. As outras opções teriam sido o hábito da freira que acompanhava a excursão ou uma batina.

No caminho barco/ônibus até nosso destino fui pegando intimidade com o terço. Sim, porque ali rezava-se aquilo seis vezes ao dia! E eu, que nunca soubera pra que serviam aquelas continhas, fui me afeiçoando ao ritual de tal forma que, pra resumir, quando desembarcamos em Medjugorie em frente a uma estátua da Virgem Maria, emocionada, eu caí de joelhos. E foi pouco. Então me deitei de bruços na frente da Virgem, e em transe, no meio de uma praça pública, rezei febrilmente por uma hora. Quando levantei havia uma roda em torno de mim, todos comungando da mesma energia — e eu já era um deles. Eu era católica!

Passei 15 dias em Medjugorie feliz da vida, fiz amizade de berço com o padre confessor das crianças visionárias, visitava obras assistenciais, confessava-me às seis da tarde e jejuava toda segunda e quarta à base de pão e água. Me afeiçoei demais também a uma monja beneditina que me impressionou pela agilidade com que manejou seu hábito no dia em que subimos juntas uma montanha simbólica da Via Sacra. Enquanto eu me enroscava em todo espinho do caminho, ela deslizava por entre tudo sem um engancho ou arranhãozinho. Havia treinado no convento jogando futebol, de hábito, com as outras freiras.

Em Medjugorie só não consegui parar de fumar. Apesar da pressão de minhas amigas beatas eu nem pensava em largar o vício, tão gostoso... Mas na volta ao Brasil, dentro do avião, tomei a decisão e contei pra todo mundo.

— Não fumo mais. Estou declarando isso publicamente porque caso me vejam nos jornais com cigarro na boca é porque não tenho caráter.

Daquele momento em diante, nunca mais senti vontade de fumar, nem com cafezinho, e estou certa de que assim aconteceu por milagre de Nossa Senhora.

Só há uma exceção: quando bebo fumo. Eu não sabia disso porque havia deixado de consumir álcool na época. Só fui me dar conta dessa associação quando dois anos depois saí do jejum para tomar cerveja com uma amiga. No terceiro copo estava de cigarro na mão. Mas cá pra nós, eu acho que aí não conta, porque não bebo todo dia, e porque quem fuma nessas ocasiões não sou verdadeiramente eu mas uma pomba-gira viciadíssima que se apossa do meu corpo — danada — e tira proveito de minhas vulnerabilidades.

Mais de uma vez me atirei a experiências religiosas de forma fanática, e, mesmo consciente de meus excessos, deixei a coisa fluir porque há alturas que só se atinge quando a fé é sem limites. Além disso, no mundo místico como em tudo, o sublime acontece muito pouco, e há que se deferenciá-lo

— para descer dele para o corriqueiro bastam dois dedos de senso crítico: observe os religiosos e desencante-se com suas religiões. Estou generalizando, claro, irmã Verônica é perfeita, e há mais uns três ou quatro.

De qualquer forma, sou de um tipo que se lança nas coisas com ímpeto e paixão. Sei que isso traz reveses, mas temo que o avesso leve a frustração e melancolia.

Com mais tempo livre, Consuelo matriculou-se num curso de lingüística da universidade de Planícies. O professor, Monsieur G., catedrático no assunto importado da França, era um senhor de sessenta anos, baixo, grisalho e circunspecto. Em pouco tempo monsieur passou a freqüentar a casa da menina com desconcertante assiduidade. Considerando-se que até então ninguém havia ouvido falar na criatura, a freqüência das visitas não passava despercebida aos membros da casa. Monsieur não falava com pessoa alguma, apenas com Consuelo a descontração era de grandes amigos. Era uma época em que Carlos viajava. Então os dias foram passando assim até que certa noite a mãe chamou a menina para saírem com o professor.

— Não parece, mas ele é divertido, você vai gostar.

No carro o clima era, se não divertido, bastante animado. Cantava-se o hino nacional, que a menina conhecia pouco, mas monsieur, apesar de francês, conhecia muito. Ele corrigia as nuances da melodia que mãe e filha, como a quase totalidade do povo brasileiro, explicava, cantavam errado simplesmente por ignorarem a forma correta. Como era arrogante aquele francês. O fascínio que sua erudição provocava na mãe causava-lhe repulsa. Por outro lado, observando-a leve e natural, imaginava também que talvez não houvesse mal naquilo, era ela que estava vendo nuvens onde só havia transparência. Olhou de novo para a mãe e teve muita vontade de ficar feliz como ela.

Chegaram a um galpão com muitas pessoas vestidas de branco. Num salão havia gente fumando charutos e girando e girando enquanto recebiam outras pessoas numa espécie de revezamento. A menina nunca havia estado num centro de umbanda, e o mesmo valia para a mãe, que, até onde soubesse, nunca fora afeita a esoterismos. Ficaram os três parados num canto do terreiro observando, até que Consuelo foi chamada para dentro do círculo onde tudo acontecia. Colocou-se de frente para uma senhora de branco, como haviam feito outras pessoas antes dela, e a mulher começou a girá-la enquanto falava-lhe coisas ao ouvido. Tudo acontecia num salão parcialmente fechado por umas arquibancadas de onde se podia assistir ao ritual. A menina encaminhou-se até um dos bancos, sentou e ficou vendo girarem sua mãe cada vez mais rápido. Uns cinco minutos devem ter se passado. Onde estava o francês? Sumira sem avisar. Consuelo girava e girava e girava num rodopio atordoante. De repente caiu, despencou bruscamente no chão. A menina levantou-se assustada para acudir a mãe, mas monsieur, reaparecido, chegou antes ao local. Um desconhecido aproximou-se vindo de lugar nenhum querendo tirar a menina dali com palavras de calma que não combinavam com o nervosismo de seus movimentos. Por que será que as pessoas não percebem o ridículo que se instala entre suas palavras e os mecanismos que o corpo usa para comunicar uma informação? Ela tentava desvencilhar-se daquele adulto ansioso, mas chegavam outros. A mímica do rosto, a entonação da voz, o excesso de pausas, a falta delas, os movimentos frenéticos dos braços, tudo neles contradizia o que suas bocas falavam. Gente chata. Cadê minha mãe?

Levaram a menina a contragosto para o carro em que havia chegado. Quase ao mesmo tempo, três pessoas lideradas pelo francês apareceram carregando Consuelo, que, apesar de mole e semi-acordada, chorava muito. Deitaram-na no banco de trás e a menina fez questão de sentar-se também ali de modo a amparar a mãe pousando-lhe a cabeça sobre suas pernas. Calados, com monsieur à direção, voltaram para casa. Como era longo o trajeto. Não se havia apercebido disso na ida, mas agora, com a mãe naquele estado, parecia interminável. Quando chegaram em casa ela quis ajudar para que as coisas não piorassem; e se a mãe adoecesse e ela não estivesse ali? Mas monsieur mandou-a dormir dizendo que cuidaria de tudo. Como era esse também o desejo de sua mãe, a menina obedeceu. Na manhã seguinte monsieur não estava mais lá, e Consuelo acordou tão radiante que a artificialidade de seu estado, o contraste com o choro convulsivo da noite anterior, deixavam evidente que não se poderia falar daquilo. O acontecimento bizarro seria apagado como se nunca houvesse ocorrido — era o jeito de Consuelo lidar com a parte desagradável da vida, e dessa vez não seria diferente.

Tempos mais tarde, recordando o momento, a menina entendeu que o mundo dos grandes mistérios havia naquela noite escolhido uma excêntrica cerimônia para prevenir Consuelo de tudo o que estava por vir.

Por que a mãe não prestara atenção?

Aos 19 anos fui morar em Paris. Um dia, passei na secretaria da Universidade de Sorbonne, onde estudava, a fim de localizar um antigo amigo de minha mãe. Ele pertencia ao corpo docente daquela universidade, talvez pudessem me fornecer o endereço que perdera bobamente e agora, vejam bem, não tenho como lhe entregar as encomendas de que sou portadora...

Saí de lá com o que queria e fui direto para a Rue des Écoles, onde vivia o Sr. C. Apertei a campainha e esperei. Estava muito nervosa. Minha mãe perdera a cabeça e possivelmente a vida por aquele homem que eu estava prestes a reencontrar. Sete anos haviam se passado. A porta se abriu e surgiu uma senhora pequena e distinta. O que eu desejava?, ela perguntou com a voz baixa.

— Sou filha de uma amiga do Sr. C. Ele nos conheceu no Brasil. Gostaria de falar com ele.

Pausa.

A mulher foi para dentro da casa enquanto eu aguardava em pé na porta por uns 10 minutos, talvez menos, talvez mais, eu não sei, os sete anéis de Saturno giravam dentro de mim.

Quando voltou, ela pediu desculpas secas, mas... seu marido estava doente e não poderia falar com ninguém.

Saí dali confusa e indignada. Como é que aquele homem teve o desplante de me mandar embora sem uma palavra, sem nada? Eu tinha tantas perguntas, talvez não fizesse nenhuma mas precisava ver de novo uma pessoa com tamanho poder que conseguia virar vidas pelo avesso!

Por um tempo enxerguei o Sr. C. como um grande covarde, mas as semanas foram passando e eu fui compreendendo que não podia agora entrar na casa de um senhor de setenta anos, remexer os seus segredos e fazer uma revolução porque uma vez, visitando o melhor dos mundos, ele se apaixonara pela mulher mais bela e cheia de vida. Ele, um intelectual triste e sisudo, ela o encanto em pessoa. Qual o apaixonado que lhe resistiria? A vida girou em falso como faz em tantas ocasiões, e deu-se o desequilíbrio. A gente cai, levanta, uns seguem de perna quebrada, outros de miolo mole, e muitos vão sem coração. Mas cada um vai como pode.

Nunca mais pensei naquele dia. Também não o contei a ninguém.

Talvez nem tenha acontecido.

* * *

Não existe sentimento mais forte que uma imensa paixão. A gente sofre, cega, emburrece, se adoenta, sara. E depois, como se nada houvera, se apaixona de novo. A paixão não aprende com a paixão, e tem sido assim ao longo dos tempos. Tristão e Isolda provaram de seu lendário amor na Idade Média. Romeu e Julieta se amaram até a morte no século XVI, e John Lennon e Yoko Ono viveram sua estranha interdependência alguns anos atrás.

A novidade é a paixão como justificativa para o casamento. Isso é coisa do século XX. Até então, os matrimônios eram arranjados entre as famílias, e os jovens se uniam, para a vida toda, com quem seus pais entendessem que deveriam. As paixões inelutáveis terminavam com donzelas nos conventos e rapazes na miséria. Paixão servia mesmo é para pular a cerca e sofrer escondido. Sempre foi uma delícia, mas nunca foi levada a sério, até o dia em que se resolveu alçá-la ao patamar dos quesitos indispensáveis para a felicidade conjugal. E a partir daí, tudo se danou.

No Oriente os casamentos ainda são estudados, calculados e programados por famílias inteiras de ambos os lados. Na Índia, que conheço bem, tudo é arranjado levando-se o mundo em consideração. Primeiro é imperativo que os cônjuges sejam da mesma casta, e isso, por si, já estabelece afinidades educacionais, de criação familiar e de conduta moral. Depois entra a questão financeira que pressupõe um negócio vantajoso para todos. Aí consultam-se o astrólogo da família, os médicos dos dois lados, o padeiro, o alfaiate, o guru, amigos, parentes, Deus e o diabo. Com tudo minuciosamente analisado, os jovens, ansiosíssimos a essas alturas, podem finalmente se conhecer. Mas isso será feito na frente de todos, para que todos possam depois palpitar sobre o futuro daquela união. Dá para imaginar como se fica doido para casar logo e acabar com toda a pressão e expectativa. Casam-se então sem amor, mas com muito desejo de que aquilo dê certo. E assim, as possibilidades de sucesso aumentam admiravelmente, porque o amor, como já foi dito, é 99% de vontade de amar e 1% de sorte e magia.

Há três anos estive num spa no sul da Índia, que casualmente era também um hotel para casais indianos em lua-de-mel. Estávamos numa ilha cercados de nada pra fazer, e assim eu passava as tardes observando casais sem intimidade condenados a inventar os dias juntos e de noite fazer sexo com seus desconhecidos. Conheci um casal de brâmanes muito corteses um com o outro, ela não se deixava tocar pelas massagistas do spa porque seu corpo nu só deveria ser contemplado pelo homem com quem se casara. Não era uma imposição do rapaz, mas bem que ele gostava. Previ para o futuro deles um marasmo abissal. Outro casal que me interessou eram uns gorduchos que viviam às turras. Lá pelas tantas, imaginando que pudessem se matar, resolvi me meter:

— Isso não parece estar dando certo, vocês acham que tem solução?

Eles vinham de uma Bombaim cosmopolita, eram formados em universidades e possuíam ambos convicções liberais. Mas, apesar de tanta modernidade, tinham, acima de tudo, uma fé salvadora na escolha feita por seus pais. O tempo deixaria a moça mais mansa, era certo, e ele ficaria menos teimoso: haviam nascido um para o outro. Pequenos problemas como a total incompatibilidade de gênios teriam de ser resolvidos a dois, ou então contava-se pra mãe que contava pra tia que contaria para o avô que falava pro pai da outra família, que reclamava pra esposa, e logo o pandemônio virava questão de Estado. Melhor tratar logo de ir se amando, gerando filhos, cuidando um do outro e deixando bobagens pra lá. E pronto, é assim que eles fazem praquelas bandas. O resultado é que os casamentos, bastante felizes, duram uma vida inteira.

Já aqui na terra das paixões, quando elas acabam sobra a realidade em seu movimento retilíneo e uniforme. Cada qual com seu dinheiro, seu trabalho, seu grupo distinto de amigos, a desarmonia gritando pra criatura correr e a inércia pressionando para ela ficar.

Haverá paciência para construir amor dos escombros de uma paixão? Difícil. Mas, apesar de tudo, eu não confio em gente que não se apaixona. A pessoa está andando na rua e esbarra no grande amor, aquele com quem se fica junto como se estivesse sozinho. Ela não vê. Esbarrou na sorte, na razão de tudo, na grande justificativa de uma existência, mas por falta de paixão deixou a vida escorrer. E aí?

* * *

Há paixões descomunais, outras passageiras, algumas terríveis, de derreter os miolos...

Pois certa vez eu vivi uma paixão estética. O homem era um deus. Era burro, mas era belo. Extraordinariamente belo!

M. possuía uma história de vida especial, fugira do país de origem muito jovem, e mais não posso contar sob o risco de identificá-lo. Mas o fato é que um bonito enredo não torna seus heróis, necessariamente, brilhantes. M. gostava mesmo é de tocar violão e dormir. Falava pouco, e quando falava não dizia nada. E eu pensava, como é burro, meu Deus! Mas aí olhava aquele Grand Canyon adormecido a meu lado e amolecia... como é belo! Assim seguiu nosso namoro semana após semana. Sem palavras, quase sem sexo, mas de encher os olhos, durou seis meses.

* * *

Na primeira vez que estive no Marrocos foi de mochila nas costas, pouco dinheiro, ao lado de R., percorrendo o país num mês de calor. Na segunda vez, há 15 anos, o esquema era bem diferente. O rei Hassan II, pai do atual Mohammed VI, fanático por golfe, inventara um torneio no meio do Saara só para a família real e amigos. E eu fui escolhida para dar a tacada inicial do evento! Por quê? Ora, a novela *Dona Beija* havia sido transmitida no país com imenso sucesso, e eles gostavam de mim, simples. Como os filhos do rei eram amigos de um amigo meu, Helcius Pitanguy, incumbiram-no de intermediar o convite.

— É imperdível! Armaram tendas no meio do deserto que são verdadeiras casas, com tapetes árabes pelo chão, banheiros com ducha de água quente trazida por carros-pipa, móveis emprestados dos palácios, banquetes serão servidos na melhor porcelana, e a bebida é para encharcar a alma. E ainda vão te pagar.

Eu fui.

Era muito melhor do que Helcius havia descrito, e ainda mais requintado do que minha imaginação ousara sonhar. Para a prática do golfe em si o rei instalara *greens* na areia do deserto, em torno de todos os buracos. Não sei como mantinham aquilo verde por dias embaixo do sol escaldante, mas não se via um fio de grama seca. À noite, para quem não quisesse dormir no hotel da cidade mais próxima, havia nas tendas quartos com camas envelopadas em lençóis de fios egípcios e edredons de pena de gansos húngaros para proteger do frio, que ali, vinha das montanhas Atlas. Mas quem conseguia dormir com o céu do deserto africano, mais extenso e profundo do que qualquer outro? Quanta magia há nos recônditos do mundo, quantos segredos por desvelar!

Meu único problema era o golfe em si. Sempre tive facilidade para esportes, mas *o golfe* não deveria ser considerado um esporte. A meu ver ele é do domínio dos malabarismos complexos. Como uma criatura, com um bastão fino nas mãos, gira aquilo que está apontado para o céu a 180° de seu objetivo e consegue com que a cabeça pequena do taco incida exatamente na lateral de uma esfera minúscula, para fazê-la voar? Só com treinamento olímpico!

Mas eu estava ali para dar a tacada inicial do torneio. Acontece que minha intimidade com o golfe é semelhante àquela que mantenho com o idioma asteca. Eu não pretendia fazer feio na presença da realeza, mas também não dispunha de tempo para treinamentos minuciosos. Para minha sorte, um príncipe, sobrinho do rei, depois de ouvir sem querer o dilema que eu relatava a minha amiga acompanhante, se ofereceu para ajudar-me com a inaptidão — em questão de horas eu estaria craque. Como era bonito aquele homem. Os outros membros da família, tanto homens quanto mulheres, não dariam pra desfilar numa feira de estética, mas o meu instrutor era A exceção. Alto, magro, moreno, másculo, e príncipe, era lindo! Tenho uma foto na parede de meu escritório para os que duvidarem; eu com o taco na mão ao lado dele com um pano enrolado na cabeça feito os berberes do deserto. Lindo. Os dias se passaram e nada de me entender com o golfe; em compensação, com Lindo eu me entendia às maravilhas. Rolava um frisson febril entre nós, e eu ali, disfarçando como podia. Sim, porque eu estava a trabalho! E os convidados do torneio eram reais e cultivados, mas eram árabes, ou seja, mente de ostra para esses assuntos.

Para meu alívio e alegria de todos, no dia da inauguração do evento eu consegui acertar o taco na bola, e ainda fazê-la rolar na direção indicada. O que não rolou, infelizmente, foi meu romance com o príncipe. Mantive-me irredutível, e ele, chique, não insistiu.

Voltei ao Brasil. Tempos depois, atendo ao telefone e é Lindo. Estava hospedado no apartamento de um amigo em Ipanema, ia ficar alguns dias, viera para me ver.

Na verdade, não havia amigo algum, Lindo o inventara para que não me sentisse pressionada pelo fato dele estar ali com um único objetivo; era elegante em tudo. Alugou aquele lugar em frente ao mar, porque já sabia, com sua real intuição, que iríamos precisar de muitos sóis se pondo ao fundo, para acalmar a volúpia de nossas tardes de amor.

Meu príncipe havia estudado em colégios suíços, fora superprotegido pela família, e de certa forma, aos trinta anos, ainda era um ingênuo. Não sei o que lhe faltava saber sobre o amor entre os corpos, mas para mim, depois daqueles meses de luxúria, não faltou um segredo a ser degustado. Lindo ia e vinha do Marrocos, e não me lembro se saíamos do apartamento em frente ao mar, nem para onde íamos nessas ocasiões, mas afirmo que não houve fantasia que tenha ficado por fazer naqueles quartos de suor. Paredes ruíram dentro de nós.

Um dia Lindo me informou que ia se casar com uma marroquina muçulmana escolhida por sua família. Ele gostava dela, mas agora já não sabia como fazer para viver sem mim.

— Você aceita ser minha amante e viver comigo em meu país? Terá o status de uma esposa. Terá tudo o que quiser, e será sempre minha preferida.

— Querido, gosto muito de você e vou sentir uma falta doida disso que fazemos aqui, mas nessa gaiola não caibo, sou pássaro voador.

* * *

Quando fui à Grécia com R. aos vinte anos, passamos um mês numa ilha chamada Paros. Não sei como está depois do *boom* turístico, mas naquela época era o paraíso. Ficamos num pequeno hotel no alto de um penhasco que dava prum infinito de matizes azuis. No mesmo hotel estava hospedado um casal dinamarquês, também da nossa idade. Nós éramos bonitos, mas eles eram um encantamento. Ela ainda mais do que ele. Chamava-se Sværte, que quer dizer preto em dinamarquês, porque nascera com os cabelos muito escuros, coisa rara em seu país. A pele era branquíssima, os cabelos castanhos e escorridos até a cintura tinham um toque ruivo que a gente só percebia quando batia o sol. Sværte era leve e natural. Foi a primeira vez na vida que tive impulsos de amor erótico por uma mulher. Sværte saía andando na frente de nós três com a discreta elegância que nunca a abandonava, de repente abaixava e ali, na frente de todos na areia da praia, levantava a saia e fazia pipi. Era a coisa mais linda ver aquela deusa desmontadinha. Se gostasse do riscado poderia ter-me casado com ela e vivido feliz para sempre num tempo de juventude em que a vida é pura e perfeita. Mas o que de fato aconteceu foi uma paixão a quatro; R., Peter, Sværte e eu viramos amigos inseparáveis. Escalávamos aquela ilha descobrindo cada recanto, cada pessoa em sua casa branca, sabíamos onde comer o peixe mais fresco, beber o ouzo mais gelado, e encontrar o melhor iogurte da cabra pro café-da-manhã seguinte. Conversávamos sobre nossos países, e percebíamos que, apesar de nos querermos tanto, havia muitas diferenças em nossas histórias. Assim fomos entendendo que havia também um universo cheio de mistérios, logo ali à frente, pronto para ser destrinchado.

Chegou a hora de seguir com a vida. Resolvemos, os quatro, pegar o mesmo navio até Atenas. A viagem levaria dias. Sem dinheiro para cabines, nós dormíamos onde dava, pelos bancos duros. Acontece que o almirante daquela embarcação, não sei bem como, foi ficando caído por mim. De noite, dirigia-se para onde estávamos deitados e ficava horas a me observar — com pena, imagino. De dia me oferecia doces de damascos (os mais deliciosos de uma vida), feitos por sua mãe, e fazia pequenos galanteios sempre que me encontrava. Um dia o grego me chamou na cabine de comando e, para meu espanto, convidou-me para casar. Era um belo homem de uns 30 anos, não era de se jogar fora.

— Olha, eu gosto de você, mas te conheci ontem, e gosto mais de meu namorado. Também não penso em me casar agora, e além disso não tenho temperamento para ficar em casa com sua mãe fazendo biscoitos de damasco enquanto você viajava pelo mundo.

Acontece que R. acabara de descobrir que havíamos embarcado no navio errado e que naquele momento rumávamos não para Atenas, onde deveríamos pegar uma remessa de dinheiro que nos permitiria seguir viagem sem morrer de fome, mas para a Ilha de Samos, que ficava a um quilômetro da Turquia, ou seja, na direção oposta.

— É o seguinte, nós não temos um puto, Maitê. A Sværte e o Peter também não. Então esse grego é nossa salvação. Você volta lá, joga um charme e consegue quatro passagens de Samos pra Atenas neste mesmo navio, porque a outra opção é voltar nadando.

Expliquei o caso pro grego e ele achou ótimo. Desta forma ficaria mais uns dias perto de mim, e eu, por outro lado, teria mais tempo para pensar em sua proposta. Era perfeito.

— Mas não vá acreditando muito — preveni —, porque eu venho de outra criação, não entendo um casamento de conveniências, preciso que toquem sinos, preciso da paixão.

— Está bem. De qualquer maneira, eu vou te dar dois anos pra pensar em minha proposta.

Na volta daquele cruzeiro até Atenas, meu pretendente foi um príncipe de delicadeza, e tratou-me, assim como a meus amigos, com todos os salamaleques — era bonito, generoso, e ainda por cima era um *gentleman* aquele grego.

Dois anos se passaram, eu já estava no Brasil, chega uma carta da Grécia. Era um convite. O almirante ia se casar e estava me chamando para a festa. No envelope, havia junto um bilhete:

"Seu tempo expirou. Desejo que esteja muito feliz com a escolha que fez. Eu estou bem e ficaria encantado se você pudesse se juntar aos amigos no dia de meu casamento."

* * *

Uma mulher bonita tem mais oportunidades com os homens. Tem as mesmas das feias, e ainda tem, a seus pés, os homens que fazem questão da beleza. Estes, abobalhados, não ouvem o que dizem as belas, não enxergam suas vulgaridades, não acham excessivos os sorrisos, as roupas, os trejeitos. Não. Eles só vêem beleza na beleza. E querem daquilo para si. Fazem de tudo para botar na cama aquele atordoamento, e lambuzar-se, comer, se fartar. E aí, com a digestão feita, enxergam o que suaram para conquistar; depois do vício, a ressaca. Abatidas, as presas são vistas com mais nitidez, e só então aparecem-lhes como são para o resto do mundo — que tampouco as julga à luz da verdade, mas com o metro curto e rígido da inveja. Mas essa é outra conversa... Acontece então que, ao reencontrá-las mais adiante, por amarem o que vêem acima de qualquer julgamento, os amantes da beleza têm sempre uma sobra de condescendência em agradecimento pelo prazer que as belas lhes proporcionam no vai-e-vem de sua graça — enquanto jovens, bem entendido. As velhas, para esses, deixam de ser mulheres.

A atriz Tônia Carrero, uma mulher sábia e belíssima, uma vez me aconselhou:

— Meu bem, comece já a mentir sua idade. Eles fazem contas, sabe, lembram que você fez tal peça aos 23 no ano X, e que no ano Y você estava em tal novela aos 27. É uma marcação cerrada.

— Mas eu não me importo.

— Vai se importar, não é pela idade. Veja bem, enquanto não revelei a minha, tive quem eu quis na hora que quis. Eu era um lindo mistério. No dia em que falei a idade, passei, num sopro, de mistério pra velha. E não comi mais ninguém.

Outra que me deu conselhos foi minha avó paterna. Belíssima, não fazia por menos:

— Cuidado com as feias, meu amor, elas são más.

Tinha fixação pela beleza onde estivesse. Um dia morreu-lhe a vizinha de quem era amiga havia cinqüenta anos. A criatura se suicidou e vovó foi lá dar uma espiada. Na volta, me puxou de lado e disse: "Querida, se um dia você pensar em fazer isso, Deus me livre, mas, se pensar, faça-o com gás. Ela estava linda com a cabeça caída do lado do forno, toda rosadinha, esticada, nunca esteve tão bem!"

As frustradas, amargas, tristes e feias julgam as belas com dura severidade. É fácil resistir aos prazeres da vida, ser sóbria e recatada, quando as oportunidades para fazer diferente só surgem vez por outra em ano bissexto.

Não fui criada para ser bela, não se falava disso em minha casa, não tive tempo pra coisa na adolescência, e só fui perceber que beleza era importante quando virei atriz no Rio de Janeiro. Estou habituada com a imagem que vejo no espelho, e quando me detenho em algum detalhe é por ter encontrado um novo defeito. Mas um dia resolveram por aí que eu era bonita, e a partir de então o mundo em volta passou a se relacionar comigo assim.

Homens inclusive. Fizeram cenas, viraram cômicos, mentiram, criaram dramas, inventaram viagens, passeios e contos de fadas. Acreditei em muitas histórias porque quis, em outras porque seus contadores eram irresistíveis. Por alguns me apaixonei, por outros não, mas nunca fiz economia em se tratando de amor. Alguns homens eram casados, e suas mulheres me odiaram pelo descaso. Odeiam-me ainda, apesar de se haverem separado e se ligado de novo a homens que, por sua vez, também eram casados. Mas os moralismos que servem para acusar nunca servem nos acusadores. As pessoas têm justificativas para suas atitudes. A minha sempre foi a paixão, que, a meu ver, legitimava o gesto. Não penso mais assim, não exatamente, mas é o tal negócio: se soubesse ontem o que sei hoje, teria evitado sofrimentos, deslizes, bobeiras. Teria, se soubesse o que não sabia. Que perfeito seria uma mulher jovem e cheia de ímpetos com a sabedoria da velha senhora... Talvez seja isso o meio da vida, uma pitada de cada coisa, e um bom lugar para se estar. É onde me encontro agora, e não é mau.

Há quem não vá apreciar essas divagações estético-amorosas, mas, para que não me joguem pedras na rua, devo acrescentar que existem mulheres que se encontram acima dos atributos puramente físicos. São tão extraordinárias em seus encantos que a gente passa por cima da questão feia-bonita e se deixa magnetizar por fascínios superiores. É o caso de minha amiga, a atriz Clarice Niskier, da cantora Maria Bethânia, de Tina Turner... e há um punhado. Minha mãe era assim.

Consuelo havia despertado em Carlos um pequeno interesse sexual. O suficiente para convidá-la a visitar seu apartamento, onde tentaria seduzi-la.

Naquele ano de 1951, Carlos vivia em São Paulo. Começava a vida profissional como advogado de uma grande empresa. Dividia apartamento com um pequeno industrial judeu com quem mantinha relações apenas formais, suficientes para o convívio civilizado sob um mesmo teto. Carlos havia deixado a família e os amigos de infância no Rio de Janeiro onde nascera. Estava só. Trabalhava, lia, ouvia música. Caçava mulheres pelas ruas com algum sucesso. Era um homem bonito, mas introspectivo, não tinha facilidade no relacionamento com as pessoas. Ia a cinemas, teatros, concertos. Vagava pelas ruas procurando aventuras rápidas. Evitava as prostitutas, preferindo quaisquer outras mulheres, mal ou bem-vestidas, pouco se lhe dava se fossem domésticas ou comerciárias, casadas ou solteiras. Queria levá-las pra cama. Havia sido categoricamente rejeitado pela segunda mulher que amou na vida, uma inglesa de Buenos Aires, cidade onde costumava passar as férias enquanto esteve na universidade. É que lá morava seu padrinho, um economista francês e uma espécie de segundo pai, na companhia de quem havia conhecido a Europa do pós-guerra, com seus filósofos e escritores. Alguns deles, como Sartre, chegou a conhecer pessoalmente em tardes no Deux Magots, em Paris. Mas nesse momento a solidão pesava. O grande amor desfeito o havia arrasado. Era um homem ingênuo e profundamente identificado com os amantes heróicos da literatura. Lera com paixão O *vermelho e o negro*, de Stendhal, e Lucien Sorel era seu modelo inconsciente. Estava maduro para envolver-se num amor de perdição. Foi quando conheceu Consuelo.

Era uma noite de semana como outra qualquer. Folheou os jornais e deteve-se no anúncio do concerto de um velho e notável pianista. Vacilante, sem muito entusiasmo, foi ao concerto. Sentou-se no lugar numerado que lhe foi vendido, ao lado de um outro homem solitário, que, por sua vez, tinha à sua esquerda uma mulher também sem acompanhante — uma curiosa sucessão de solitários. Olhou-a detidamente. O cabelo preto, liso, lhe corria junto à cabeça comprida e bem ovalada. A pele era limpa, pálida e sem pintura. Seus olhos também pretos foram apenas fugazmente na direção de Carlos. Vestida com um casaco de arminho branco, foi para ele, naquele momento, a própria imagem da Beleza. Precipitadamente veio-lhe à cabeça que era com uma mulher assim que gostaria de ligar-se para sempre. No intervalo levantou-se lentamente enquanto olhava-a com insistência, buscando insinuar que ela também se levantasse e o seguisse até o salão de espera, onde aguardariam a segunda parte do concerto. Inúteis trejeitos, pois ela não arredou pé de sua cadeira. Ele nunca teria tido a coragem de dirigir-lhe a palavra naquelas circunstâncias [naquele tempo os homens eram mais tímidos e as mulheres mais recatadas]. Mas quis o destino que um fato inusitado ocorresse. O solitário que se achava entre eles, separando-os fisicamente, não voltou. Aconteceu ainda um outro fato puramente circunstancial e que iria contribuir decisivamente para que Carlos trocasse as primeiras e fatais palavras com Consuelo. Nos concertos de piano, os melhores lugares são aqueles em que se vêem as mãos do executante, os lugares, no caso, à esquerda de Carlos. Ele tinha portanto uma compreensível justificação para ocupar o lugar do solitário ausente e assim meter-se ao lado daquela mulher. Foi perfeito. Não só achegou-se dela, como também convidou discretamente os demais espectadores da fila a moverem-se para a esquerda. O gesto ganhou assim grande naturalidade e aprovação de todos. Foi bem-sucedido, todos se moveram. Em menos de um minuto já pedia emprestado à vizinha o programa do espetáculo.

Esse primeiro contato verbal foi leve e maravilhoso. Sorriam um para o outro, e alguma coisa de muito profunda, quente, terna, já tomava corpo. Um fluido misterioso, o amor talvez, começava a circular, vigoroso e incontido. As palavras trocadas? Ora... Banalidades, irrelevâncias. O que conta nesses momentos é intangível: é a química dos imponderáveis.

Dois dias depois voltaram a se ver. Não mais por condicionamentos do destino, mas por vontade de ambos. Marcaram encontro num restaurante e puderam então examinar-se detidamente. Consuelo gostou daquele homem. Dez anos mais velho que ela, era, na melhor das idades, bonito para todos os padrões. Tinha o porte atlético, era alto, e dois olhos azulíssimos impressionavam no rosto de linhas clássicas. Não parecia, entretanto, se dar conta de nada disso, era quase um tímido e isso divertia Consuelo. Sentia o fascínio que já exercia sobre ele, e gostava. Toda a vida dela havia sido marcada por uma necessidade de desencadear paixões. Curiosamente dessa vez algo desconhecido a fazia querer penetrar cada vez mais no universo que ia se formando, um mundo de afinidades no qual as trocas eram possíveis e proporcionais. O outro podia estar sob as luzes enquanto ela descansava de si, observando deleitada. Como ficavam fáceis as coisas.

— Você me deixa calma e feliz...

— É porque sou monotonamente previsível. Na verdade, sou viciado em morfina, é ela e não eu que te envolve nessa impressão de calma.

O humor de Carlos despontava entre um comentário e outro. Distinto, sóbrio, excessivamente formal, ele se soltava na presença daquela mulher.

Em termos convencionais Consuelo não era uma moça bonita. Não era alta nem baixa, também não era gorda. Tinha as carnes duras, mas os seios grandes mal se continham no sutiã frouxo. Nada se destacava nas feições harmoniosas, excetuando-se talvez os olhos pretos, que brilhavam intensamente. Transbordava contudo de vida, era uma torrente de encantamento. Ria e vibrava incessantemente, enquanto, nesse primeiro momento, os dois falavam de suas vidas. Tinha apenas vinte anos, mas demonstrava interesse por tudo. Contra a vontade da mãe, e às escondidas, havia prestado vestibular para medicina e fracassado. Tentaria a filosofia.

O encontro não foi longo. Consuelo contou que era filha única de pais desquitados e que vivia em companhia da mãe numa casa da rua Avanhandava. Havia combinado de voltar cedo.

Carlos ficara seduzido por Consuelo, mas não tinha se apaixonado. Gostou dela apenas, gostou muito, mas ainda não era amor. A mulher de seus ideais estéticos, delgada, alta, com seios que romanticamente caberiam em taças, estava longe de amoldar-se naquele corpo. Sentira-se bem ao seu lado, e só por isso tinha vontade de revê-la. Não demorou para que isso voltasse a acontecer. A mesma mulher, o mesmo e incrível charme, alegre, divertida, inteligente, Consuelo era um tipo que agradaria a qualquer pessoa. Não demorou também para que ela o convidasse a uma primeira visita a sua casa.

A casa era imensa, de dois andares. Carlos assustou-se com os toques de extravagância: o revestimento todo facetado em amarelo-ouro e um ridículo torreão lateral a que não faltavam ameias estilizadas e vedadas por horríveis vitrais. Já era noite quando Berta desceu de seu quarto, revelando, com sua presença, a origem da esdrúxula decoração em que nada parecia combinar com a simplicidade de Consuelo. A mãe era uma mulher abundante nas formas, falastrona, e vestida sem comedimento ou distinção. Usava na boca um excesso de carmim que ultrapassava o contorno dos lábios. O cabelo era oxigenado. No rosto branco, de maçãs rosadas, destacava-se, sem exagero, o nariz. Carlos surpreendia-se observando tudo minuciosamente, como se cada detalhe fosse ter alguma implicação direta e imediata em sua vida. A mãe era baixa e pesada, mas incrivelmente ágil. Procurava ser amável. Naqueles dias, deslumbrado pela filha, viu-a com olhos tolerantes. Classificou-as no entanto, intimamente, como seres contrários — mãe e filha eram antípodas. Mais tarde passaria a não suportar Berta. E também a considerar, muitos anos depois, quando já era tarde demais, que, se as exterioridades eram tão diversas, as duas pertenciam ao mesmo universo moral, cada uma a seu modo, no seu estilo.

Consuelo havia despertado nele um pequeno interesse sexual. O suficiente para convidá-la a visitar seu apartamento, onde tentaria levá-la para cama. A idéia fugaz de uma união permanente que passou por sua cabeça quando a viu no teatro desvanecera por completo de seu espírito. A tentativa era portanto uma operação de rotina na qual não se empenhou excessivamente. Comportou-se como um cavalheiro, "mal-intencionado" para a época, mas cavalheiro. E ela recusou a proposta com desembaraço. Não se escandalizou, o que teria sido para ele vexatório e a igualaria ao padrão de recato oficial de qualquer mocinha casamenteira. Era encantadora em tudo, avaliou.

O trabalho de Carlos tomava todo o seu dia. Seus hábitos de ermitão o conduziam para casa, afastando-os assim, naturalmente. Até que um dia ele deu com um bilhete que havia sido colocado sob a porta de sua entrada. Eram duas palavras de carinho e saudades de Consuelo. Lisonjeado, voltou a procurá-la e só então é que começou a nascer nele o surpreendente amor que os levaria por um caminho impossível de ser imaginado naquele momento de idílio.

Quando minha avó materna morreu subitamente de um ataque do coração, deu-se um alívio dentro de mim. Há anos temia que ela contratasse alguém, um capanga, sei lá, mas um matador que desse cabo de meu pai sem deixar vestígios. Não que fosse uma mulher violenta, mas depois de um acontecimento trágico a gente imagina que as tormentas vão passar a irromper em cadeia.

Eu não via aquela avó desde que fora morar no pensionato luterano em Campinas logo após o crime que mudara nossas vidas. Jaira vivia em São Paulo e havia cortado laços comigo por permanecer ao lado do meu pai.

Eduardo foi julgado em plenário aberto ao público por duas vezes e com dois anos separando um julgamento do outro. Em ambas as ocasiões, atuei como testemunha de defesa, enquanto minha avó era testemunha de acusação. As sessões plenárias demoraram mais de trinta horas, e as testemunhas de cada lado eram obrigadas a ficar incomunicáveis, em salas separadas. Por algum descuido do sistema, no primeiro julgamento, deu-se um momento em que minha avó Jaira e eu nos cruzamos no corredor do fórum. Eu entrava para depor, e ela vinha saindo da sala de audiência. Foi um choque para mim, eu não a via desde os dias seguintes à morte de minha mãe, quando passei um tempo com ela na casa de seu irmão em São Paulo. Fazia dois anos e uma eternidade. Estava muito branca e abatida, sem o batom vermelho da vida toda, e parecia claudicar. Não sei o que fiz, não tenho consciência, mas ela olhou para mim em silêncio e, muito séria, desviou os olhos. Eu era uma criança e era sua neta, mas ela não falou comigo. Ela morreu sem falar comigo.

Em São Paulo a casa era de um irmão de Berta, coronel do Exército casado com Lea, uma senhora cuja pálpebra caía quase que inteiramente sobre o olho esquerdo. Assim como o marido, Lea era uma criatura absolutamente previsível. As crianças haviam mantido pouco contato com esse lado da família já que Carlos desgostava de tudo que fosse ligado à sogra, e Consuelo não fazia questão daquele convívio, um tanto árido. Nas poucas vezes que a menina esteve naquela casa a pálpebra de Lea fora seu único foco de interesse. A mulher começava a falar, ela se esforçava para prestar atenção, mas em questão de segundos sentia-se absorvida por aquela coisa mole sem comando, jogada em cima da vista. Dava para perceber a bolota do olho mexendo em vão para lá e para cá por baixo da pele plissada e molenga. É verdade que a conversa também não estimulava. Por que será que os adultos insistem em usar um tom abestalhado para falar com crianças? Fica impossível prestar atenção ao que está sendo dito, supõe-se algo tão debilóide quanto o tom utilizado. Será que as pessoas se esquecem da época em que elas mesmas eram crianças, ou será que já eram pequenos idiotas e aí cresceram também assim? No caso de Lea, talvez a pálpebra a impedisse de ver metade das coisas e ela houvesse então desenvolvido apenas metade da inteligência.

Mas não dava para reclamar de falta de agitação naquele momento. A avó Berta, com sua torrente de emoções, era um antídoto contra a monotonia. Berta gostava de sofrer em voz alta. A presença das pessoas parecia estimular as manifestações de sua dor. Soluçava muito, desesperava-se, e não se intimidava com a presença das crianças.

Nos primeiros dias a menina comovia-se com a agonia da avó, parecia enorme, parecia muito maior que a sua. Como ela suportava? Era tão imensa e ruidosa que quase não sobrava espaço para os sentimentos de mais ninguém. Um dia Berta trancou-se no banheiro e de lá berrava que ia se matar. A casa toda se mobilizou e foi um custo convencê-la a não fazer aquilo. No dia seguinte a cena se repetiu. E assim aconteceu várias vezes ao longo da primeira semana, e da segunda... A cena variava pouco e a tônica era de terror.

Antônio também continuava estranho. Parecia não ter sido afetado pelos acontecimentos. Estava tranqüilo, ria, brincava, comia, dormia e não falava na morte da mãe, no sumiço do pai, na coisa matada, na faca no corpo, no sangue, em nada. Quando se referia à mãe ou ao pai era sem tristeza ou saudade. Aquilo era cômodo para todos e para a menina também, que não teria suportado lidar com o fardo suplementar da tristeza do irmão pequeno. Antônio parecia entrosado com os parentes que conhecia pouco, e nem a histeria da avó mexia com ele. Estava alheio e distante. Sua atitude facilitava o transcorrer dos dias, mas ao mesmo tempo aumentava na menina a sensação de seu isolamento. Ela vivia agora num mundo sem cúmplices. Onde estava Tuco que não vinha ajudá-la a sofrer suas perdas? Por que havia brigado com a mãe e sumido justo naquele momento? Será que sabia que nunca mais ia poder fazer as pazes? Será que sentia culpa como ela, por ter revelado segredos e contribuído assim para o desfecho das coisas? Será que se sentia rasgando por dentro quando pensava que tudo podia não ter ocorrido? Será que tinha muita vergonha e medo e por isso não aparecia? Será que imaginava que ela não sabia mais nada e precisava de alguém que lhe ensinasse tudo de novo, que precisava muito dele, única pessoa em que podia confiar agora? E será que um dia ela deixaria de pensar tantas coisas? Às vezes de noite na cama um emaranhado de frases e sensações se juntava formando uma bola densa que ia crescendo e crescendo, ficava grande, enorme, e cada vez maior, até rolar para cima dela como um compressor a tentar esmagá-la. Ela corria o mais que podia procurando manter-se viva, mas a esfera colossal vencia. E ela virava nada. E sendo o nada finalmente deixava de pensar. Então morria um pouco, ou dormia, o que era a mesma coisa naqueles dias.

Berta teve outro surto, mais intenso e alucinado que todos os anteriores. De dentro do banheiro berrava que ia cortar a vida pelos pulsos com a gilete que tinha nas mãos. Que não agüentava viver sem a filha, que esmagaria o crânio batendo-o contra a parede e assim por diante, numa incessante seqüência de ameaças. A menina olhou para o irmão, que estava abraçado a sua cintura, e viu pela primeira vez uma lágrima escorrendo em seu rosto — desamparo, desconsolo, cansaço. Não se deu conta de que nela acontecia o mesmo porque algo maior se manifestou em seus interiores, fazendo brotar uma força que se impôs sobre todo sentimento.

— Vovó, por que você não se mata mesmo? Tenha coragem.

E, como não veio resposta, continuou:

— Sai desse banheiro escroto e vem se matar aqui na sala na frente de todo mundo. Você não teve tempo de notar seus netos, mas nós estamos aqui, e queremos mais sangue. Foi pouco o que rolou até agora. Venha!

A avó abriu a porta do banheiro e a neta olhou-a sem sentimentos.

Deu-se um silêncio solene.

Entardecia no pensionato luterano, eu chegava da escola. Chamaram-me ao telefone. Era meu pai.

— Sua avó Jaira morreu. Você e seu irmão são seus únicos herdeiros. Vão ganhar um bom dinheiro.

Minha avó possuía prédios inteiros na praia de Santos, tinha outros imóveis em São Paulo e também no interior do estado. Mas quando fizemos o levantamento dos bens não encontramos sinal de nada disso. Em seu nome havia o apartamento da avenida São Luís e um cofre fechado no banco.

— É isso, minha filha, ela vendeu tudo e colocou em papéis. Está tudo na caixa do banco, ações e mais ações.

No dia da abertura da caixa houve uma formalidade para atender a necessidades da justiça. Como meu irmão René era menor de idade (Zuza não tinha direitos porque nunca fora oficialmente adotado), fazia-se necessária a presença de um juiz, com os advogados de ambos os lados, e mais umas três figuras que não me lembro quem eram, para evitar que eu lesasse o meu irmão. Uma palhaçada; mas seriíssima.

Descemos todos ao porão do banco onde ficavam os cofres. A *justiça* se posicionou pomposamente à minha volta, e eu retirei a caixa do escaninho onde ela se encontrava ao lado de outras caixas, pertencentes a outros ricos, supus. Havia uma nervosa expectativa, sobretudo da minha parte. Afinal, estava prestes a ficar milionária.

Abri a caixa, e dentro dela havia uma caixa, e dentro dessa, outra caixa, e depois mais uma, e assim as caixas foram se sucedendo até aparecer um envelope, e dentro dele outro, e outro, e mais outro, até que cheguei a um último envelopinho. Todos me olhavam com muita gravidade. Eu não tinha intimidade com aquelas pessoas e a situação me pressionava, tornando-se cada vez mais constrangedora. Por fim, abri o envelopinho. Dentro dele havia uma tira de papel com uma frase que li em silêncio: "Não se faz uma omelete sem quebrar os ovos."

Pausa. Todos esperavam que eu comentasse o que estava escrito.

Mas eu não disse nada.

E caí numa gargalhada universal.

Tempos depois, resolvemos vender o apartamento da São Luís com tudo dentro, do jeito que minha avó Jaira deixara. Eu estava, na época, de mudança para o Rio de Janeiro, onde participaria de minha primeira novela na TV Globo. Aluguei uma Kombi, enchi com malas e outros pertences, e fui com um motorista ao apartamento que havia sido de minha avó para pegar alguns objetos; os que lembravam minha mãe e outros poucos que pudessem ter utilidade na minha nova vida. Depois daquela parada, pretendia seguir com o carro até o Rio. Acontece, que logo à saída do apartamento, já com os objetos recolhidos, e ainda dentro da cidade de São Paulo, nossa Kombi chocou-se violentamente contra um caminhão, provocando uma fratura na minha coxa que a fazia dobrar como se fosse um joelho. Por conta desse acidente, e para que um dia pudesse voltar a andar normalmente, eu ficaria fora de circulação por mais de um ano.

Praga de defunto?

Não se deve subestimá-los.

* * *

Aos vinte anos eu estava de passagem pelo Brasil para visitar meu pai, que havia feito um primeiro câncer, e a TV Globo me chamou para conversar. Era a quinta vez que me chamavam, e eu não estava muito interessada porque pretendia retomar minha vida na Europa. Precisei entretanto estender minha estada por desconfiar que meu pai mentia sobre a gravidade de sua doença. Queria fiscalizá-lo até ter a certeza de que estava de fato curado. Fiquei por São Paulo fazendo uns cursos ligados à arte, até que um dia me convidaram para fazer uma participação numa novela da Tupi. Aceitei meio de chinfra, era para durar uma semana mas o personagem cresceu, e assim permaneci até o fim da novela que coincidiu com o fim da própria Tupi. Essa, coitada, morreria logo em seguida; estava muito mal das pernas. Foi então que a TV Globo me chamou. Chamaram uma, duas, três, cinco vezes, e um belo dia resolvi conferir o que tinham a me propor. Peguei um avião para o Rio, dormi na casa da minha avó Laura, fui à praia de manhã para ficar bem bronzeada — a gente não quer, mas não custa dar aquela impressionada —, escolhi uma roupa que parecia despretensiosa mas que realçava meus olhos de adolescente saudável, não coloquei maquiagem para mostrar que era "natural", fiz um rabo-de-cavalo e toquei pra TV Globo. Fui sem empresário, sem ninguém, apenas com a cara-de-pau e a coragem, e, é claro, a desfaçatez de quem não fazia idéia de onde estava se metendo. Entrei na sala do Boni. Havia ali uns sete diretores, todos homens, me aguardando. Modéstia à parte, eu vi os queixos caírem. O modelo "tô nem aí" atingira seu objetivo. Com o clima favorável, eu por cima da cocada, ouvi o que tinham a me dizer:

— Queremos contratar você e pensamos em colocá-la no programa *O Planeta dos Homens*. O que você acha?

— Nunca vi.

— Nunca viu?!

— Não. Na minha casa meu pai não deixava a gente ver televisão e estive morando fora algum tempo..., enfim, desculpem, mas nunca vi.

Arranjaram uma fita de vídeo e me mostraram o programa. Tratava-se de uma mulher saindo de uma banana com mais outras mulheres meio peladas falando num carioquês mole e sem dizer nada.

— Mas vocês me chamaram aqui para fazer isso? Não posso... bota um abajur, um quadro, eu não vou virar minha vida do avesso pra sair de uma banana seminua. E depois tem gente com a bunda melhor que a minha, que vai tornar as cenas muito mais interessantes.

— Então o que você quer?

— Eu gostaria de fazer o papel principal da novela das oito.

— Ahn?! E por que que você acha que vai saber fazer o personagem principal da novela das oito?

— Eu não acho nada. Quem acha são vocês. É a quinta vez que vocês me chamam. Se não quiserem, eu volto pra casa. Não sei fazer nada mesmo, mas garanto uma coisa: sou um bom investimento. Não sei hoje, mas aprendo.

Para resumir, saí dali com um contrato que era melhor do que o de Francisco Cuoco. Eu não sabia disso, mas, por não precisar nem querer muito, acabei fazendo o negócio de uma vida.

Ou assim eu pensava.

Daquele dia em diante, fui odiada dentro da TV Globo. E não sei se foi urucubaca de colega, ou o defunto revoltado de minha avó Jaira como mencionei antes, mas o fato é que logo em seguida deu-se o tal acidente com minha perna.

Quando, um ano e meio, duas cirurgias, meses de hospital e muita resignação depois, eu me encontrava pronta para trabalhar, voltei ao Rio. E voltei, agora, para estrelar, a novela das seis. Voltei mancando, bem entendido, seria uma estrela, como queria, mas manca como quisera o destino. A novela era *As três Marias*, e eu trabalharia junto com a Glorinha Pires, atriz desde os cinco anos de idade, e a Nádia Lippi, uma atriz que desapareceu mas que era muito charmosa e que tinha a experiência de 17 novelas nas costas. Ou seja, estava de igual para igual com duas atrizes que sabiam exatamente o que estavam fazendo, enquanto eu não fazia idéia.

O que aconteceu?

Um desastre. Eu era péssima! Recebi uma avalanche de críticas merecidas, mas às quais não estava nada acostumada. Além disso, eu fazia um sucesso louco, porque o público não estava nem aí pra minha incompetência, e os jornais pediam entrevistas e mais entrevistas comigo, porque eu era a novidade do momento; não havia dezenas de adolescentes começando como agora, era só eu. E eu era estranha, tinha umas histórias diferentes para contar de que os jornais gostavam muito. Tudo isso só piorava as coisas. Fui hostilizadíssima, as pessoas não engoliam aquela novata, que só tinha beleza e ainda ganhava um baita salário para fazer uma porcaria na frente das câmeras, roubando o lugar de quem tinha talento. Esse era o clima. Colegas me viravam as caras. Muitos não me cumprimentavam.

Para encurtar, nos cinco anos que se seguiram, lambi o chão do inferno. Queria muito e tentei voltar pra minha vida, mas estava amarrada por um contrato e a empresa não queria nem saber de me liberar: problema meu se não estava agüentando o tranco. Não havia dito que dava conta, que era um bom investimento, então?!

Arrastei correntes de ferro. Cheguei com a corda toda e agora estava enrolada até o pescoço.

Fiquei tão insegura intimamente, que não havia jeito de deixar fluir emoção para os personagens que a atriz devia interpretar. Tranquei-me. Sentia medo. Em vez de ser doce e pedir ajuda, fui me fechando feito uma raposa desconfiada. Em vez de mostrar minha frágil tristeza e conquistar as pessoas com a verdade, fiquei agressiva e arrogante. Em vez de usar humor e brincar com a minha inexperiência, virei um bicho inflexível; botava uma armadura e ia trabalhar.

Passaram-se uns anos e um belo dia recebi um convite para fazer Dona Beija em outra emissora. O convite veio de um diretor chamado Herval Rossano. Era o mesmo de minha primeira novela na Globo, e havia me tratado feito o cocô do cavalo do bandido, não dava para acreditar que agora ele estivesse me chamando para aquilo. Mas lá fui eu.

Cheguei na Manchete, o Herval me olhou e disse:

— Eu quero você para o personagem da Dona Beija.

E eu, incrédula:

— Mas, Herval, como é que vai ser? Você não gosta de mim, eu também não gosto de você. Como nós vamos fazer? Eu boto minha artilharia prum lado, você bota a sua pro outro? Porque a primeira vez que você me chamar daqueles nomes que você gostava de usar, a primeira vez que você levantar a voz pra mim, eu pego o meu boné e vou-me embora. Não te peço pra gostar de mim, mas preciso que me trate bem.

— Combinado. Eu nunca vou levantar a voz pra você.

Pois ele não só cumpriu o combinado como nós passamos a nos amar daquele dia em diante! Herval me tratava como uma princesa e eu respondia trabalhando 18 horas por dia. As condições eram as piores possíveis. O calor chegava a 60° dentro dos estúdios sem ar-condicionado, tinha gente que desmaiava em silêncio para não atrapalhar a gravação, mas o clima de trabalho, o humor, tudo o mais, nunca foram tão bons em lugar algum que eu tenha atuado antes ou depois de *Dona Beija*. A novela foi um sucesso jamais imaginado. E de quebra eu descobri que levava certo jeito pro negócio de atriz...

O último dia de gravação foi uma externa na cidade cenográfica com todo o elenco reunido. Ao gritar "gravando" ao microfone, a voz do Herval não saiu, ele tentou de novo e não saiu, na terceira vez aquele açude na garganta do diretor rompeu no peito da equipe e inundou o nosso *set*. Todo mundo se olhou e entendeu que precisávamos começar assim mesmo, e Deus sabe como, porque olhando em volta, de cima da carroça onde me encontrava, eu só via gente a soluçar. *Dona Beija* partia para sempre. Eu tinha que estar seca, amargurada, sem lágrimas, mas, ao virar pro lado em busca de firmeza, vi que Jucileia Telles, a atriz que fazia minha escrava companheira, tremia num rio de lágrimas. Os jornalistas que estavam lá para cobrir o final da novela choravam, meus amigos choravam, o mundo chorava. Não houve jeito, desabei!

E a cena foi ao ar daquela forma. E foi lindo! E o Brasil inteiro se comoveu!

* * *

Voltei a nadar no mar. As pessoas não gostam, preferem o confinamento das piscinas. Mas no mar há fronteiras também. Tem a areia da praia, o horizonte, o céu, e no Rio de Janeiro há sempre um morro bonito em cada extremidade. Fora isso, é você e Deus. Hoje nadei do Posto 8 em Ipanema até a Pedra do Arpoador e voltei. Dois quilômetros de prazer. Fui de máscara e respirador, vi peixes de muitas cores, cobras-d'água, estrelas. A comadre não quis me acompanhar, tem medo de tubarão. Coitada, não sabe que eles não existem, nunca existiram, são uma invenção do Spielberg. Já mergulhei de garrafa em Fernando de Noronha, Tailândia, Caribe... Sempre que vejo um bicho desses, encontro-os tranqüilos — a gente passa do lado e eles nem tchum. São inofensivos e imperturbáveis como budas flutuantes. Já o Spielberg, todo mundo sabe, nunca foi confiável.

Minha comadre é dentista. Tem amigos dentistas, professores, psicólogos. De artista só eu.

Hoje na areia a conversa era assim:

— Gosto quando você vem à praia aqui, com os meus amigos.

— Eu também. Seus amigos são gente boa.

— Pois é. São sossegados, e não são tietes, né? Você para eles é um tatuí.

A vida toda me senti bem dentro d'água. Com vinte dias, em Ubatuba, meu pai me jogou no mar. Não me lembro do tempo em que não sabia nadar, recordo-me apenas de meu pai corrigindo o estilo de minhas braçadas, em todas as modalidades, até a perfeição. Não bastava ter fôlego, eu tinha que nadar bonito.

— É lindo ver uma mulher nadando com desenvoltura. O mar é seu, você deve nadar como um leão que atravessa a savana.

Quando havia correntezas, meu pai e eu pegávamos uma prancha de isopor e deixávamos a água nos levar, às vezes quilômetros para dentro do oceano. Lá no fundo, íamos saindo pelos lados até que aquilo parasse de puxar — dava medo e era aliviante quando vencíamos a força da água — depois, cansados e contentes, voltávamos, nadando, conversando e revezando o uso da prancha.

Minha mãe ficava na praia dando piruetas. Margot não era da água, nadava mal. Mas corria mais rápido que qualquer pessoa. Apostava corridas comigo e ganhava, invariavelmente. Depois sentava no chão e ria de mim. Se eu era o leão da savana, ela era o guepardo invencível.

Na minha casa gostava-se de animais selvagens. Meu pai contava as mais incríveis histórias sobre bichos. E eu mesma me correspondia regularmente com um leão africano chamado KronoKaiser. Vivia na Namíbia e falava alemão, então quando chegavam suas cartas era meu pai quem as traduzia para mim. Eu não sei como o Drops (era como eu chamava Eduardo) conseguia tantos cartões-postais com fotos de leões no verso, mas o fato é que as cartas chegavam todo mês, sem falhar. KronoKaiser contava histórias de sua vida nas savanas, da vida dos outros bichos, seus amigos, e eu respondia contando minhas próprias histórias. KronoKaiser tinha enorme interesse por minha vida aos cinco anos.

Era tudo para agradar a menina. Onde tinha aprendido a gostar tanto de alguém não sabia, mas era amor de aquecer o peito. Os anos passaram e a menina crescida ainda deitava em seu colo antes de dormir, para ouvir histórias.

— Nas noite de céu pelado, sem estrela, é porque elas desce das alturas e mergulha no fundo do mar pra iluminar as festa do povo que vive dentro das água. Lá nas fundura tem uma rainha muito bonita que anda arrodeada das onda. As onda são suas princesa. E é assim, acompanhada com aquela bordadura das renda de espuma, que ela aparece pros súdito. Um esplendô, todo iluminado pelas estrelinha. Por isso que nos dia seguinte das aparição da rainha sempre chove. É pra facilitar as estrela de torná pra perto da lua, pulando e subindo de gota em gota.

A menina dormia no colo da babá com a cabeça cheia de estrelas saltitantes enquanto Mãe Lalda se recostava na poltrona ao lado da cama. Quando acordavam, a criança estava enfiada nos lençóis e a preta, esticada numa esteira no chão do quarto sem que nenhuma das duas soubesse quem nesse mundo podia ter rearranjado as coisas.

— Decerto alguma criatura que ouviu seu nome falado nas estória e veio se achegando porque gostou da conversa. Ou da companhia, né, bichinho? Vai ver ainda tá por aí nalgum canto.

No dia em que a menina completou cinco anos Geralda morreu. Nunca se soube de quê. Foi uma morte firme e súbita. Talvez soubesse que já havia ensinado à menina as coisas que importam na vida, e que o resto era só resto mesmo. E talvez soubesse que dali pra frente não haveria mais lugar para ela no mundo daquela gente. Assim, como não tinha por que continuar vivendo, morreu.

Daquele dia em diante a menina parou de falar. Também não escutava, ou não fazia questão de ouvir, e não atendia quando falavam com ela. Comia o necessário para que a deixassem em paz. Voltou a ouvir três meses depois, e soube assim que a família estava de mudança pra outra cidade.

— Seu pai foi promovido. Vai ganhar mais dinheiro e nós todos vamos ter uma vida mais gostosa.

Consuelo estava contente porque em Planícies haveria trabalho para ela também. Daria aulas de filosofia numa escola pública.

— Ficaremos sócios de um clube, já que lá não há praia. E você, meu bem, vai pra uma escola onde fará uma porção de amigos. Prometo que vai ser bom!

Palavras e mais palavras. Não provocavam sentimento algum. Apenas uma leve desconfiança influenciada por Tuco, que não gostava do novo rumo das coisas:

— Como um lugar sem praia pode ser bom?

Na esquina da rua Proença, onde ficava a casa, havia um enorme dedo indicador pintado na parede que cercava um terreno baldio. Apontava direto para a nova residência da família, como se tivesse sido colocado ali de propósito.

Carlos tentava entusiasmar os filhos:

— Souberam que uns peixes do mar iam se mudar para cá e puseram esse dedão de sereio aí para indicar a direção da toca. É pra nossos peixinhos, que só sabem se guiar pelos rios e praias, não se perderem entre calçadas e muros.

Consuelo começou a dar aulas durante o dia. Tuco foi matriculado no colégio em que a mãe lecionava, e a menina iria para uma creche para filhos de domésticas que trabalhavam no bairro da casa do dedo. Passaria para uma escola particular na abertura do ano seguinte.

— É bom pra ela ter um pouco de dois mundos. Tenho medo que perca o jeito primitivo.

Carlos concordou com a mulher e a menina foi matriculada na creche antifricotes, onde aprendeu rapidamente todos os palavrões cabeludos do repertório antifricotes. Passava a semana na creche e sábados e domingos no clube de gente bem. No clube, enquanto os pais praticavam esportes, a menina fazia amizade com outras crianças. Acontece que seu linguajar causava a cada dia mais sensação entre os pequenos sócios, e com isso, antes que os adultos se dessem conta, o palavreado se espalhou feito mato em terra boa sujando a boca das crianças bem-comportadas. O alvoroço não tardou. Pais perplexos reuniram-se para descobrir a origem do novo dialeto. Ao desvendarem o mistério, Consuelo e Carlos foram chamados para uma reunião de providências. Era sério o assunto, então, diante do mal-estar generalizado, os pais da menina prometeram enquadrar sua desencaminhada evitando que se relacionasse com “gente sem instrução” que lhe incutia hábitos inconvenientes. Prometeram e não fizeram.

Certa tarde, Consuelo passou no antro dos pequenos marginais e por fora das grades se pôs a observar a descontração do ambiente. Ali sua menina parecia reaver a alegria que lhe havia escapado desde o falecimento de Geralda. Havia ainda algo distante zanzando pelos olhos e um modo de andar com o corpo largado que demoraria a desaparecer, mas era certo que retomava aos poucos o jeito de moleca. A mãe observou a filha minuciosamente, como jamais havia feito, e comoveu-se ao perceber que havia muito dela mesma naquela criança.

O momento foi interrompido pelo apito de um sorveteiro. Consuelo chamou-o e surrupiou-lhe o instrumento. Soprou até conseguir a atenção de toda a creche e, como era recreio e não atrapalharia, decretou que era hora de folia para professores e alunos. Sorvete e doce pra todo mundo! A menina que brincava no chão com as folhas caídas de uma mangueira demorou a se dar conta de quem havia causado a bagunça à sua volta. Quando viu a mãe correu para abraçá-la, e assim ficaram as duas rindo da confusão das crianças que esvaziavam o carrinho, empanturrando-se de sorvetes, de euforia e de fartura. E a menina sentiu orgulho por ser filha daquela moça que tinha um jeito alegre de ser mãe.

Quando iniciou-se o período escolar, a menina foi transferida para uma escola particular administrada por freiras católicas. Ateus convictos, Carlos e Consuelo achavam saudável que ela tomasse contato com assuntos da religião pouco freqüentes em casa, e a filha gostou porque achou graça na roupa das freiras, supondo que era uma espécie de fantasia para divertir as crianças. Mas se aquilo encantava a menina, a recíproca não era verdadeira. Consuelo foi chamada para uma conversa com a madre superiora.

— Os uniformes de sua filha são os mais curtos do colégio e as amiguinhas já começam a lhe adotar o estilo. Além disso, ela não parece disposta a amoldar-se aos padrões disciplinares deste estabelecimento. Esta é uma escola moderna, aceita alunos de ambos os sexos, mas não deixa de ser estranho que sua filha se relacione melhor com uma turma de moleques do que com outras meninas de sua idade.

Consuelo ouviu toda a ladainha e voltou para casa despreocupada. Inquietante para ela era perceber que a menina agora encucava questões que pesavam em sua consciência infantil. De uns tempos para cá, passara a andar curvada, olhando o chão obsessivamente. As amigas em idade para a primeira comunhão incutiam-lhe noções de pecado.

Mas afinal o que era pecado?

— Ah, matar alguém, por exemplo — esclareciam as colegas.

— Mas eu nunca matei ninguém.

— E quando você anda na rua? Esmaga formiguinhas com os pés. Vai ter que se confessar para não queimar para sempre no inferno das crianças más.

— A não ser é claro que você consiga evitar todas essas mortes, voando, por exemplo — ironizava outra.

A conversa seguia num sem-fim de perspectivas sombrias.

Sem alternativas a menina passou a bola para a mãe. Que lhe explicasse definitivamente a verdade das coisas, o certo e errado, o deus e o diabo.

— Deus é como Papai Noel, minha filha, existe para quem acredita nele.

Consuelo sabia que a menina já não acreditava, e essa era sua maneira de dizer sem dizer, deixando aberto o campo das divagações.

Contrariado com as minhocas na cabeça da filha, Carlos resolveu transferi-la para outro colégio. Escolheriam uma instituição que não se metesse com assuntos filosóficos de foro íntimo. E foi assim que a menina foi parar numa escola mista de nível primário e secundário, com as aulas ministradas exclusivamente em inglês.

Consuelo estava grávida. A família ganharia em breve outra criança. A menina gostou da novidade já que o irmão mais velho quase não parava mais em casa para brincar com ela. Tuco havia crescido, como sucede quase sempre, e seu tempo para a menina havia encurtado, como também, entre irmãos, quase sempre acontece.

A família mudou-se da rua do dedo para uma casa maior num bairro mais nobre, e foi preparado um quarto só para o neném, cheio de roupinhas, fraldas, lençóis, mantas e brinquedos. Consuelo dizia que vinha um irmão. Antônio seria seu nome.

Zenilza, a diarista, uma mulata jovem e muito falante, explicava:

— Toda mãe sabe se é menino ou menina. Tem uma velha com o cabelo vermelho até o pé que aparece em sonho, e conta só pra elas qual vai ser o sexo da criança.

Aos 12 anos, Zenilza tinha opinião formada sobre qualquer assunto. Morava numa fazenda próxima, de onde vinha andando, e voltava todos os dias ao entardecer. Enquanto estivesse na casa eram praticamente nulos os momentos de silêncio. Ela era incapaz de calar-se, mesmo estando só. Agora com a novidade do bebê, matraqueava incessantemente nos ouvidos, mais disponíveis, da menina.

— Mãe de bebê novo fica doente da cabeça que nem gente louca. Esquece da vida, do nome dos outros, olha pras coisas e não vê, não escuta... Também não dorme de noite pra ficar com o neném no colo balançando até clarear o dia.

Inspirava, arregalava os olhos e continuava:

— E se escuta o choro da criança na mesma hora o peito começa a espirrar um leite grosso que empapa a roupa toda da pobre coitada se ela num der de mamar. Isso sem falar de antes, da hora que vai chegar mesmo o bicho, que é de dar dó. A mulher fica tão maluca e berra tanto que às vezes é preciso amarrar ela e levar pro hospital pra tomar uma injeção que num deixa a coitada se perder de vez. E também...

A menina não compreendia como uma criatura pequena como um bebê seria capaz de criar tamanho transtorno. Mas, quando chegou o dia do nascimento, a mãe ficou pálida, e gemeu, e contorceu-se tanto, que perdeu os sentidos. Carlos, alvoroçado, tentava acordar a mulher dizendo-lhe coisas ao ouvido. Chacoalhava. Resmungando desorientado catava objetos pela casa, com Zenilza seguindo atrás, e falando como se fosse acabar o mundo. Ninguém tinha ouvidos para as perguntas da menina. Quando Tuco chegou para responder-lhe as questões, todos haviam saído. Levaram a mãe e esqueceram a filha. Aquela noite, a menina dormiu abraçada com seu irmão enquanto ele lhe contava histórias do mar, levando-a pra perto de onde agora morava Mãe Lalda. Com o passar do tempo, a velha criada se havia transformado numa espécie de fada-feiticeira que aparecia sempre que se falava nela, e que tinha o dom de tornar possível aquilo que os adultos diziam não ser. Naquela noite, percebendo a confusão que se havia formado na cabeça da sua criança, a velha, pelas mãos do menino caiçara, foi desfazendo-lhe as tranças e desmanchando seus nós, até que toda a imaginação se destorcesse. E Mãe Lalda explicou também, de forma clara, como é que de fato nascem as criaturas. Na manhã seguinte, na maternidade, Carlos ouviu a filha esclarecendo a coisa para outra criança que também aguardava o nascimento de um irmão:

— É assim, alguns bebês nascem da barriga da mãe, como aconteceu comigo. Outros, a cegonha é que traz, como vai acontecer com meu irmão, que está atrasado porque a cegonha teve muitas entregas mais importantes para fazer hoje.

É o encanador pra pagar, o bombeiro pra dispensar, um vazamento no banheiro, o rapaz da net, o oficial de justiça que precisa que a senhora assine este papel aqui...

— Mas eu não disse que não podia ser interrompida pra nada?

— É que o moço falou que era urgente.

— Urgente pra quem, santa madre?

Por que será que minha empregada tem tanta dificuldade em entender que isso que faço na frente do computador é diferente daquilo que ela faz quando se senta à frente da TV pra ver novelas? Se eu fosse o homem da casa ela pensaria um pouco antes de me perturbar. Mas eu *sou* o homem da casa! Apenas estou presa neste disfarce de mulher que ninguém respeita!

— A cachorra vomitou, dona Maitê, o que eu faço?

— Jogue a cachorra no lixo!

Ninguém respeita a introspecção de uma mulher! E agora a idéia fugiu, foi-se para sempre, era boa a idéia, mas não voltará, eu sinto.

O encanador não consertou direito a torneira e teve que voltar, cobrou duas visitas. Idem com o bombeiro. Para a situação com a TV já vieram quatro técnicos, hoje está aqui o da televisão a cabo, também não vai resolver. E tem o moço que conserta a cortina, mas não conserta porque ela despenca depois que ele vai embora, e o da máquina de lavar que troca as peças por outras mais velhas... e assim segue a vida numa cantilena de aporrinhações. Lembro-me do ator José Lewgoy. Não tinha quem o ajudasse, fazia tudo sozinho, quebravam-lhe as coisas, ele ligava pros lugares e implorava:

— Não me mandem aprendizes!!!

Lewgoy era muito mal-humorado. Uma vez, fazendo uma minissérie em Paraty, ouvi um resmungo, virei, era ele:

— Esta cidade só seria viável com corrimão.

(As ruas de Paraty, para quem não conhece, são calçadas com lindas pedras. Irregulares.)

Outra vez estávamos juntos no festival de cinema de Cannes e ele me convidou para ir a St. Tropez, que fica a cinqüenta quilômetros. Fomos ele, eu e mais uma amiga. Lewgoy adorava comer. A idéia era dar um giro pela cidade e então almoçar num bom restaurante. Quis o destino entretanto que um imenso engarrafamento triplicasse o tempo de duração de nossa viagem. Lewgoy à direção soltava fogo pelas ventas:

— Eu estava tranqüilo no hotel, magnificamente instalado, e vem você com suas idéias. Agora isso. Merda!

— Mas, Lew, foi você que me convidou, você sugeriu o passeio e eu topei.

Ele não ouvia e continuava reclamando.

Quando chegamos em St. Tropez, rodamos a cidade e não encontramos um único restaurante aberto. Lewgoy fechou-se num mau humor olímpico. Por fim, conformados, entramos num café que servia sanduíches. Ao fundo num canto havia uma mulher largada. Afiei os olhos e percebi que era a grande atriz Simone Signoret — parecia bastante bêbada; um quadro desolador. Pois Lewgoy saiu do silêncio e achincalhou-a em francês, português e todos os idiomas que lhe ocorreram, descontando na coitada as injustiças do mundo.

Dias depois era exibido em Cannes o filme *Fitzcarraldo*, em que Lewgoy fazia um personagem importante. Ele me havia convidado para ser sua acompanhante na cerimônia de exibição. Chegou a grande noite. Eu já estava vestida de gala e toda maquiada, toca o telefone, era o Lewgoy:

— Não vou poder aparecer com você a meu lado. Sou o maior acontecimento desse filme, e você é apenas uma *inconnue*. Irei com o Herzog e o Klaus (Kinski).

Ele ainda estava tomado pelo fiasco de St. Tropez! E eu agora ficara mais na mão que moleque na puberdade. Liguei pro Christian Charret, primeiro assessor do ministro da Cultura, meu amigo e um gato, e convidei-o a convidar-me para acompanhá-lo. Sentamos-nos bem à frente, nos melhores lugares do cinema, pertinho do Lewgoy. Na festa do filme que rolou após a sessão, Lew, que gostava de rapazes, olhando de cima embaixo o exemplar a meu lado, chegou-se e sussurrou:

— Saiu-se bem, muito bem mesmo...

Em meio a tantos percalços, aquele era definitivamente um dia de sorte. O caminhoneiro escolhido, quase aleatoriamente, era um homem de bom coração. Não só levaria as crianças até Planícies, como fazia questão de sair de seu caminho para depositá-las à porta do casarão que a menina indicaria. Durante a viagem pouco se falou. As crianças estavam assustadas com os acontecimentos das últimas semanas, pelo desgaste com a avó na casa dos tios e com o futuro que só ia começar verdadeiramente agora, na volta ao colégio, aos colegas, com o ingresso ao pensionato luterano... Não havia o que conversar com um estranho, e por sorte o homem bom não era mesmo de muito assunto. Então nas três horas de estrada não se fizeram perguntas nem brincadeiras.

Quando estavam a uma quadra do pensionato, o motorista parou inesperadamente o caminhão e estacionou. Desligou o motor, olhou detidamente para a menina e após longa pausa pediu que lhe desse um beijo de agradecimento.

— Por que você parou longe da casa? — quis saber a menina estremecida diante do pedido, que, aparentemente simples, lhe apontava perigo.

— Para conversar um pouquinho. Você não gostou de mim? Fui tão bom pra vocês, dei carona. O moleque gostou, não foi, xará?

O homem levantava a sobrancelha num sorriso que se pretendia cúmplice.

— Antônio, dá um beijo nele pra gente descer — experimentou a menina enquanto tentava abrir a porta do caminhão.

O homem, que não desviava a atenção de seu foco, pulou para o lado e agarrou a mão da menina imobilizando-a.

— Tão bonitinha, tão gostosinha, mas tão mal-agradecida. Dá só um beijinho no titio que eu deixo vocês descer.

O caminhoneiro aproveitou a mão da menina para aproximá-la de si, de forma que ela estava agora encostada ao seu abdome. A barriga arfava e era dura e suada. Sem opção, a menina deu-lhe um beijo na face e depois, suplicante, tentou se afastar.

— Dá um beijinho aqui na minha boca — ordenou o homem com a voz seca enquanto arrastava-lhe a mão por sobre o pau endurecido.

Ela beijou o caminhoneiro no canto da boca, e ele, tomado de ânsias, enfiou a língua até o fundo de suas gengivas, sufocando-lhe o vômito e os gritos com uma salivada.

Antônio, que havia aberto a porta do caminhão e descido, zonzo, berrava socorros para os campos vazios daquele bairro distante de tudo.

Precocemente aliviado, o caminhoneiro empurrou a menina. Pausou e... sorriu. No rosto o ar de homem bom retornava — estranhamente —, como se nunca o tivesse deixado.

Antônio, do lado de fora do caminhão, agora puxava a irmã pela bainha da calça. A menina pulou na rua de terra com o coração em descompasso a saltar fora do peito, agarrou o irmão pela mão e correu desarvorada sem olhar para trás. Correu até ter certeza de que o homem mau não os seguia. E não olhou mais para trás.

E nunca mais olhou para trás.

Sonho:

Estou sentada numa praça do interior, com minha avó Laura, meu avô Pichute e um outro velho, desconhecido para mim. Esse outro faz brincadeiras pornográficas para provocar minha avó. Molda um pau amarelo com o tecido de sua camisa porque combina com o vestido de vovó, que tem flores dessa cor. Depois, mostra o pé calçado num tênis tipo keds todo de escamas e pergunta: você já viu um peixão desse tamanho? Toca uma marcha no alto-falante da praça, e ele: você não quer trocar a marcha do meu carro? É um velho babão e bobão. Pichute não liga. Minha avó Laura nem reage, passa por cima, exuberante.

Eu não gosto.

Faz calor na praça, no meu quarto também, 26°. Acordo e ligo o ar-condicionado.

Outro dia uma amiga levou a avó (dela) ao ginecologista porque estava com uma irritação na vagina. O médico examinou a velhinha e sentaram-se para o diagnóstico:

Médico: A senhora se masturba?

Avó: Claro.

Médico: A senhora se masturba mais de uma vez ao dia?

Avó: Claro.

Médico: Quantas vezes?

Avó: Ora, doutor... Eu caminho com dificuldade, enxergo mal, já não posso ler, vejo pouco da TV... só me resta isso. Me masturbo muito, umas três vezes pelo menos. Com um consolo.

Minha amiga, que havia chegado com uma avó doente, saiu da consulta com uma velhinha tarada, uma receita de cremes vaginais lubrificantes e uma cara de tonta.

No tempo em que corri o mundo com R., passamos uma semana no Paquistão a caminho da Índia. Não era o Paquistão de hoje, tomado de medo pelos talibãs, mas um país amigável. Havia, como sempre houve na fronteira com o Afeganistão, uma terra de ninguém, onde nem os ingleses colonizadores conseguiram estabelecer sua lei. A região dos pashtuns pertence a uma tribo da montanha que nunca aceitou comando algum que não o de seu próprio povo. Se hoje submetem-se a abrigar os guerreiros do Jihad, é contra a vontade da maioria e de cabeça baixa — para não morrerem todos.

R. e eu já havíamos atravessado aquele ponto e estávamos na cidade, quando certo dia sentamos para tomar chá com um rapaz que conhecemos na rua. Lá pelas tantas, tendo entendido que o Brasil ficava na Europa, o moço me perguntou:

— Será que você não encontra uma mulher pra mim em seu país? As européias têm a mente mais aberta que as de cá. Eu mando buscá-la, não me meto com seu modo de vestir, e deixo ela fumar na rua.

— Por que você não se casa com uma paquistanesa?

— Fui casado, mas tive de me separar. Sou um homem mau. Fiz coisas com minha mulher, coisas que não se pode fazer.

— Que coisas?

— Coisas horríveis. Ela contou pra mãe dela que contou pra minha mãe que contou pro meu pai que falou com o pai dela, e todos resolveram que eu não a merecia mais.

— Mas o que você fez?

— Tentei me controlar, tentei muito, mas não consegui. Até salitre tomei pra cortar a vontade. Eles usam nas prisões, vocês sabem, para deixar os homens menos homens.

Finalmente o moço puxou R. de lado e ilustrou seu dilema com algumas descrições das monstruosidades que praticava na esposa. Pois o que ele fazia é parte do repertório sexual de qualquer casal ocidental com uma vida sexual satisfatória: picantes preliminares.

— Meu pai disse que sou uma vergonha pra nossa família e não me deixa voltar pra casa. Estou muito só. Talvez uma mulher européia consiga me compreender.

— Você não me parece um homem mau. Se souber de alguma mulher que queira se mudar para o Paquistão, mando avisar você.

Nessa mesma viagem, a caminho do Oriente, mas ainda na Turquia, entrei numa sauna só para mulheres. Era um lugar imenso, com o pé-direito alto, paredes azulejadas, chão de cimento e muitas salas molhadas de vapor e abertas umas para as outras. Havia um grande poço no meio de tudo. As mulheres eram de todas as idades, de crianças pequenas a velhas senhoras. As mais idosas tinham peitos imensos, banhas dobradas sobre o ventre e muitas celulites por toda parte. Conversavam umas com as outras sem consciência alguma de suas abundâncias, pareciam confortáveis nos corpanzis. Riam, contavam casos e andavam pra lá e pra cá bem peladas. Ninguém media ninguém, nem olhava para o lado para fazer comparações. Ou melhor, olhavam. Para mim. Aquela era uma sauna para mulheres turcas! Talvez nunca, na tradição do lugar, houvesse entrado uma branca magra e peluda como eu. Sim, porque lá pelas tantas percebi que essa era a grande diferença entre nós, eu tinha pêlos. As turcas, ou pelo menos aquelas cinqüenta ou mais que eu via nuas, não os tinham. Elas depilavam tudo (consideram mais higiênico).

Fiz um reconhecimento da área, andei pelas salas, me entendi com as possibilidades do poço, escolhi um ponto e deitei-me no chão para relaxar.

Relaxar?!

Em poucos minutos havia umas dez mulheres em volta de mim, gargalhando e manuseando meu corpo como se fosse uma massa de pão. Passavam a mão nos meus peitos, alisavam meu rosto, puxavam os pêlos pubianos, encostavam aqui, pressionavam ali, tudo na maior alegria. A filha chamava a mãe pra brincar também, e a avó... todo mundo se refestelava. Menos eu, que ficava cada vez mais tensa não sabendo o que pensar daquilo. Não havia conotação sexual na farra daquelas mulheres, que agora já eram vinte, mas rolava uma crescente excitação. Coletiva e permitida. Já que as regras ali estavam além de minha compreensão, resolvi desencanar e deixar que fizessem o que bem entendessem; vai que ficava bom. Foi quando resolveram mudar um pouco a brincadeira e espalhar pó de hena no meu corpo todo. Para quem não sabe, há vários tipos de hena, inclusive aquele que deixa a gente com a pele e os cabelos vermelhos. Imaginando-me com os pêlos pubianos ruivos, dei aquilo por encerrado.

Fui ao poço, puxei um balde d'água e me lavei. Depois, cansada de ser objeto de um prazer que não partilhava integralmente, despedi-me das moças um tanto intrigada — aquelas meninas, jovens e senhoras haviam manuseado meu corpo com a liberdade que não fora ainda permitida a homem algum. As moças acenaram de volta sem pudores; havia nelas um misto de enternecimento e excitação. Curiosa mistura...

* * *

Se já me relacionei com mulheres? Há quem garanta que sim. Eu mesma não sei dizer. Não percebo muito bem, nessas situações, onde acaba o carinho e começa o sexo propriamente.

Mas sabe como é, dizem, e onde há fumaça...

* * *

Passaram por minha vida muitas mulheres extraordinárias sendo que minha mãe foi a maior delas. Não conheço uma só pessoa que não mencione sua deslumbrante beleza, quando de fato, e só nas exterioridades, era bastante comum. Já contei que andávamos de praia em praia em Ubatuba, colhendo ostras pelas pedras e conversando por dias inteiros? Eu ia nua até lá pelos meus sete, quando Margot inventou uma espécie de tanga-camuflagem com estampa que se confundia com a natureza. Assim ela me criou, bicho solto, filha de Rousseau. Quando morreu, o mundo se apagou, e sem cor permaneceu por muitos anos. Mas ela não tinha jeito, e acho que nem gostava de ser mãe no dia-a-dia. Lembro-me certa vez de ter ficado duas semanas sem tomar banho até que minha mãe se desse conta da porcaria. Mas quem ligava para isso? Ela sabia dançar, e tocava instrumentos como ninguém!

Outra mulher magnífica foi minha avó paterna. Francesa, fazia bifes na manteiga acompanhados das melhores omeletes do mundo. Era a tal que tinha fixação por beleza e achou linda a vizinha morta ao lado do forno. Vovó sofreu de um tudo nessa existência, mas se agarrava à vida feito um náufrago otimista. Foi-se recentemente, aos 103. Deitou na cama e apagou no terceiro dia, dormindo.

Quem também me encantou a infância foi Mãe Nina, a bisavó materna. Essa sabia coisas que ninguém lhe havia contado. Sabia do passado e do futuro e passava os dias em frente a uma mesa espalhando cartas que desvelavam mistérios. Uma tarde em que chorava muito, soube, bisbilhotando, que havia previsto a morte de meu avô para dali a uma semana. Em sete dias o avô morreu. Moravam com ela Periquita e Lígia. Periquita cuidava da casa e, de lambuja, da vida da gente com sábios conselhos. Era uma negra velha magrinha e analfabeta, filha de escravos, que sabia fazer emplastros e chás para curar até dor na consciência. Lígia era a cozinheira, tinha o riso fácil, e foi quem me levou para ver meu primeiro filme no cinema, *Branca de Neve*. Fiquei doida com aquilo, e me lembro até hoje de cada filete de emoção. Mesmo fascinada, passei boa parte do filme no colo da Lígia por causa da bruxa. Imagine... eu, cercada dessas criaturas na vida, com medo de um desenho na tela.

Quando caí de uma escada fraturando a espinha dorsal, já não morava em casa, mas no pensionato para crianças luteranas americanas. Estou na cama, sem poder me mexer, e chega uma senhora que eu conhecia da igreja. Entra no quarto, senta-se a meu lado, e seus olhos enchem d'água. Ela não parecia triste, apenas estranha. Ao sair dali, muito emocionada, contou para quem esperava do lado de fora que havia recebido o Espírito Santo, que à minha volta havia centenas de anjos, e que se eu quisesse poderia sair andando porque estava curada. Por via das dúvidas cumpri os três meses de cama que o médico recomendara, mas o fato é que nunca tive seqüela alguma daquele acidente grave.

Outra vez, em Cusco, andando na rua à tarde, uma desconhecida me pegou pela mão e levou pra casa dela. Eu estava doente havia dias e com muita febre. Ela me sentou numa cadeira e entrou pros fundos da casa simples. Voltou com uma beberagem espessa, doce, e mandou que eu a tomasse. Olhei para a mulher, achei-a tão confiável, que engoli o líquido todo. Não sei quantas horas dormi numa esteira estendida no chão de terra da sala daquela senhora, mas quando acordei já era de noite e eu me sentia lépida e disposta para subir cantando a montanha de Machu Picchu.

Certa ocasião na Grécia, encantada com o verão, a luz, o calor, que eu não sentia havia um ano, deixei-me entupir daquilo a tal ponto, que minha pele fez queimaduras de segundo grau. Com febre alta e o corpo em chamas, andava pelas ruas com R. à procura de um hospital, quando uma turca grandona me pegou pelo braço e mandou que a seguíssemos. Era tão autoritária a senhora, que, sem hesitar, deixamos que ela nos arrastasse enquanto falava sem parar em tom exaltado. Tentamos alguns idiomas para facilitar a comunicação, mas o negócio da mulher era turco mesmo e ela não estava ali para ser compreendida, mas para ser seguida.

Chegamos à casa dela. Uma casa simples. A gorda nos mostrou que tinha filhos e marido, que era portanto uma mulher respeitável, e que, sendo assim, eu não enrolasse e fosse tirando a roupa porque tínhamos que cuidar de mim e não havia tempo a perder. A turca era muito brava, eu tirei. Da cozinha a mulher trouxe uma mistura de iogurte de cabra com sei lá o quê, e me besuntou o corpo todo até as orelhas, com aquela meleca. Depois me enrolou num pano, sentou-nos à mesa e serviu-nos de-comer. Em seguida fomos levados ao quarto do casal onde deveríamos dormir — ela e o marido passariam a noite no sofá da sala.

— Não faça isso, de modo algum, podemos dormir em qualquer canto...

A turca bateu a porta e fechou-nos ali.

Quando acordei de manhã sem febre e bem-disposta, olhei minha pele e percebi que a textura era outra — não havia uma bolha e tudo parecia liso e renovado. Eu estava totalmente curada! Fui até a turca, que de braços abertos ria alto e contente, dei-lhe um aconchego de filha, agradecemos deslumbrados, e, sem poder fazer mais, fomos embora.

E fomos pro mundo. Nunca mais eu vi aquele anjo gordo.

Tenho muitas histórias assim, das feiticeiras de *insight* que cruzaram o meu caminho para iluminá-lo. Minhas amigas todas, cada uma à sua maneira, têm algum componente disso; aquelas do passado que permanecem próximas, as companheiras queridas de agora e as que herdei de minha mãe e que ainda hoje cuidam de mim e me norteiam. E foi rodeada por 12 mulheres num ritual de elevação da consciência que compreendi o que me faltava para engravidar. Um entendimento profundo mexeu com minhas sinapses, destruiu padrões, quebrou condicionamentos enraizados, e permitiu a meu corpo saudável, que tentava havia dez anos mas não conseguia, que ficasse grávido de Maria. Quando minha criança nasceu, uma amiga me presenteou com seu mapa astrológico e explicou:

— Vocês já estiveram neste mundo como mãe e filha, filha e mãe, por 16 vezes. Na vida atual não há carma para resolver, voltaram para se amar e usufruir do prazer de estarem juntas.

Não me importa se é mesmo dessa forma que as coisas se deram; fica mais bonito assim. Esta é portanto a verdade. E assim tem sido entre mim e Maria, a minha menina do meu coração.

* * *

Estou em casa com minha filha depois de um dia comum.

— Já passou do horário, Maria, vá dormir.

— Já vou.

— Você escovou os dentes? Desligue o computador.

— Já vai.

— Tire essa toalha molhada de cima da cama e... Cristo!, por que não secou os cabelos?

— Estão secos.

— Sinceramente, não é possível todo dia essa ladainha.

— Fica calma, mamãe. E relaxa. Quem manda aqui sou eu. Eu sou a fêmea alfa desta casa: sou mais alta, mais jovem, tenho memória, posso procriar...

— Eu também pos...

— E sou muito mais forte que você, quer ver?

Maria me joga na cama e imobiliza com violentos golpes de jiu-jítsu numa demonstração hipermoderna de seus, nem tão femininos, alfa-poderes.

Dizer o quê?

X., o pai, convidou Maria para passar a Páscoa em Paris com a família do lado de lá.

Maria — Não quero ficar entrando e saindo de lojas, preciso desestressar.

Pai — Mas nós vamos pro Plaza Athenée, com tudo de bom pra fazer em volta... Explique pra ela, Maitê.

Mãe — Vá com seu pai, minha filha, vai ser divertido.

Maria — Vou pro sítio com amigos. Já fiz minha programação. Acordo tarde, fico na piscina, e de noite, *night*. Dia seguinte, acordo tarde, fico na piscina, e de noite, *night*. No outro dia, acordo tarde, fico na piscina, e de noite, *night*.

Mãe — Mas, Maria, isso vai ser muito cansativo!

Maria — Eu não disse que queria descansar, disse que preciso desestressar.

Maria odeia fazer exercícios físicos. Mas precisou fazê-los de forma sistemática nos últimos meses, pois tinha um objetivo que implicava isso. Hoje, voltando do treino de vôlei, suada, rosto vermelho, a roupa colada no corpo, era o mau humor em pessoa.

— Você não está entendendo, mamãe. Os meus músculos estão podres.

— Sei.

— Eu não entendo como uma pessoa pode ter uma vida e *ainda por cima* fazer exercícios físicos.

— Sei.

— Agora por exemplo, tenho que acabar o dever, mas como eu vou teclar se meus braços não respondem ao comando? Como?!

Aos quatro anos Maria teve um pato. A ave, por ter chegado ao nosso convívio muito pequena, entendeu que ela era sua mãe. Compreensível associação. Em casa, minha filha era quem tinha a estatura mais próxima da verdadeira mãe do pato. Ele então andava atrás dela por toda parte seguindo-a daquela forma geométrica que os patos têm ao caminhar em bando. Patos não gostam de curvas. Um dia descemos para a piscina do Copacabana Palace, e o bicho, claro, veio junto. Quando viu aquele mundo d'água aberto a sua frente, atirou-se com gosto, ficou ali nadando feliz e causando, devo dizer, grande comoção entre os hóspedes. Lá pelas tantas, um segurança se aproximou:

— Dona Maitê, nós não permitimos animais de estimação no hotel. Não há ninguém com cachorrinho ou gatinho, como a senhora pode observar. Então, este pato...

— O que você me diz dos pombos que infestam a piscina, emporcalham tudo e ainda roubam a nossa comida quando estamos nos alimentando?

— Bom...

— Quer dizer que se o pato de minha filha fosse um pato selvagem que entrasse voando pelos céus tudo bem, mas como é um pato civilizado que chegou pela porta, caminhando educadamente, não pode ficar.

— Dona Maitê, a senhora não está sugerindo que a gente atire nos pombos, está?

O Copa é o prédio mais lindo do Rio de Janeiro e fica ao lado de minha casa. Sempre tive certa dificuldade em compreender que aquela maravilha não me pertence verdadeiramente. Conheço todas as pessoas que ali trabalham há 27 anos, faço sugestões de ordem prática que são acatadas, minha filha foi criada brincando na Pérgula. Ora, eu acho que aquilo é o meu jardim. E como ninguém me diz o contrário, continuo agindo como se fosse.

Quando Maria era pequena eu a submetia a uma rigorosa dieta naturalista. Não podia tomar refrigerantes, não comia doces, cachorros-quentes, sorvete só feito em casa e assim por diante. Ou assim eu imaginava. Ao chegar em casa à tarde, vinda do colégio, Maria dava antes uma passadinha no hotel, e ali, querida por todos os garçons, era servida de *sundaes* variados, bananas-splits com caldas de chocolate, caramelo, *marshmallow*, brigadeiros, docinhos e todos os refrigerantes que desejasse. Nunca me apresentaram uma conta sequer daquelas transgressões gastronômicas.

Eu só não compreendia a falta de apetite de minha filha na hora do jantar.

* * *

Estive produzindo um vídeo para o programa que faço na TV. Saí pelo bairro colhendo depoimentos, e em pouco tempo me vi surpresa com a capacidade das pessoas de reinventar a vida transfigurando-a para que fique mais suportável.

São cinco da tarde. Duas irmãs obesas têm à frente uma tigela colossal de frango a passarinho, uma travessa transbordante de fritas e uma profusão de canecos de chope, já consumidos:

— A gente é gorda mas não é de comer. Esta porção é a maior que eles servem aqui no restaurante, mas a gente só pede assim pra poder levar a sobra pra casa. Isso rende pra janta e dá pra dividir com nossos irmãos, coitados. Temos uma família imensa, tudo gordo por natureza.

Sigo andando e encontro um flanelinha que trabalha há quarenta anos na Atlântica:

— Quando comecei aqui esta avenida era rua de um lado só, muito bonita, mas agora tá mais.

— O senhor gosta do Rio de Janeiro, acha boa a vida?

— Não posso reclamar. E depois, sou um privilegiado. Minha família é riquíssima. Faria, conhece? Meu avô era Francisco de Faria, meu pai Antônio de Faria, eu sou Hermelino de Faria. Tudo gente de posses.

— Mas o senhor trabalha aqui guardando carros...

— É que eu tô com um pequeno probleminha na herança, um litígio entre irmãos, mas não há de ser nada. Meu filho é doutor, rapaz esperto, e já está cuidando de tudo.

Depois teve o menino de rua que precisava de dinheiro pra voltar pra casa. A mãe vivia numa cadeira de rodas, não podia trabalhar, o pai morrera e ele não tinha como chegar em casa sem o leite do bebê. Eu até dei, e não fiz recomendações, quem sou eu para regular o modo como um desgraçado vai arrumar seu punhado de alegria antes do próximo tropeço. E daí se ele estava mentindo e eu fui a tonta da vez que se comoveu porque ele tinha o olhar doce?

O fato é que as pessoas mentem descaradamente, e por motivos diversos inventam toda uma vida para si.

Penso na cena do documentário de Eduardo Coutinho, *Edifício Master*. Tem lá um sujeito que se nutre de um eterno reviver. Há quarenta anos, num bar de jazz em Nova York, Frank Sinatra cantava e este senhor, que era então muito jovem, o ouvia cantarolando há tempos. Ao perceber que o rapaz conhecia bem todas as suas músicas, Sinatra chamou-o ao palco e num golpe de sorte o fã teve a glória de cantar em público junto com seu maior ídolo. Desde então, todas as tardes às seis em ponto num pequeno e decadente apartamento de Copacabana, esse homem coloca Sinatra no aparelho de som, e, em duo com o mestre, se entrega, revive, e canta "My Way". Aos prantos.

Apesar de tristes são bonitas as mentiras que as pessoas criam para seguir. Um sopro de glória, uma pitada de grandeza, um toque de graça, qualquer coisa vale, que eleve a mediocridade a patamares mais aceitáveis. Há muita dor nisso de ser jogado numa existência amesquinhada, sem saída e quase animal, mas com a consciência humana para perceber sua condição. É de um cinismo cruel. Nunca entendi por que são tão poucos os suicídios no mundo. Digam o que disserem os religiosos, não pode ser outra coisa se não legítimo dispor do próprio corpo para interromper o intolerável. E há tantos momentos intoleráveis.

Por isso compreendo a mentira, apesar de ter sido criada para odiá-la. Minha mãe morreu por causa da mentira. Tudo o que era sólido e seguro na minha infância virou pó por causa da mentira. Meu pai foi um senhor ibérico de princípios nobilíssimos e anacrônicos que queria transformar o mundo. Era um Dom Quixote tão desajustado quanto o literário. Sentia-se um monstro por desconfiar de quem só merecia louvores, e, ao perceber que a realidade se encontrava distante do mundo que idealizara, não soube tolerá-la e provocou desatinos.

Minha mãe era uma hedonista que amava todas as coisas. Foi criada sem referências paternas, sem afeto de pai e mãe, num colégio interno onde seu charme inato cativava alunas e professores. Para ela as regras eram mais brandas. Quando saiu dali para o mundo, quis da vida tudo que pudesse sorver. Amava a família, mas amava todo o resto também. Não tendo aprendido a abrir mão de nada, conciliava o inconciliável da única forma possível, mentindo. Minha mãe foi extremamente feliz até o dia de sua morte. Meu pai amargurou-se todos os dias de sua vida.

No Brasil as pessoas mentem por esporte, por preguiça, por conveniência, porque é mais fácil do que ter a coragem de se bancar. Vivem na mentira, têm valores de mentira, se promovem com mentiras, amam de mentira, criam filhos com mentiras, fazem a política da mentira. Nos EUA, aquele país estranho mas reto, a dissimulação, a falsidade, o enganar dão cadeia. Aqui é o que se vê.

Dizem os estudiosos que ninguém conseguiria viver um dia sequer sem a mentira. É um recurso para uso social sem o qual o vizinho não nos agüentaria, e ainda serve para colorir a existência acrescentando-lhe sentido e beleza. Então, que não me venham os moralistas apontar o contrário. Mas que fiquem ainda mais longe os covardes, os que não se enxergam, esses sem-vergonhas que fazem mau uso de tão nobre dispositivo.

Há que se ter respeito com a mentira!

— Para onde vamos?

A menina quis saber, deixando-se levar contra a vontade, que era de ficar sossegada onde estava.

— Passaremos em sua casa para recolher seus pertences e algumas coisas de sua mãe que queira guardar de lembrança — explicou o advogado.

— Hum.

— Depois vamos apanhar Antônio, que está com a vizinha, e aí levo vocês para São Paulo. Dona Berta está sofrendo muito, coitada, faz questão de tê-los perto dela. Não é fácil perder a filha única. E dessa maneira então... Deus que me livre!

A frente da casa estava impressionantemente igual. Estranho, pensou a menina. Como é que a vida podia ter virado do avesso, e justamente naquela casa, onde tudo havia acontecido, nada ter se alterado? Permanecia solidamente em pé, como se fosse um lugar seguro, como se tivesse esse direito depois de ter deixado que tudo se desarrumasse na existência de seus moradores. Casa de merda. Servira de palco para "aquilo" e agora estava ali, impávida, invulnerável. A menina pensou nas óperas que Consuelo trazia pra cidade. Depois de encenadas as histórias, seus cenários, tão bonitos com luzes e os cantores dentro, viravam lixo como se nunca tivessem feito parte das tragédias a que serviram. Teria sido melhor se com a casa houvesse acontecido o mesmo.

A estranheza diante de algo tão familiar a fez estremecer.

Carlos e Consuelo haviam desenhado a casa juntos. Fora concebida sob medida para a família um ano após o nascimento de Antônio. Tocaram a obra sem ajuda de arquiteto. Um inesperado erro de cálculo na altura do telhado obrigou-os a improvisar uma espécie de jirau para aproveitar a sobra de espaço. Isso dava à fachada certa imponência, apesar da simplicidade que havia nas linhas e cores.

Uma rampa inclinada na lateral do jardim que ocupava toda a frente dava para a garagem de três carros. Dr. Mazur estacionou o carro na garagem vazia, desceu e destrancou a porta de entrada que abria para a sala de estar. A menina sentiu o cóccix arrepiar-se até a cervical. Tomou uma golfada de ar, recompôs-se e entrou. Ao primeiro passo deu de cara com o corpo da mãe desenhado em sangue no chão de pedra mineira. Estavam mais bonitas as pedras agora do que jamais. Cada pedra daquelas havia sido escolhida a dedo pelo pai em viagens distantes à cidade que as vendia. À volta, orgulhoso de sua aquisição, Carlos gabava-se diante da família reunida para o jantar.

— Vejam que maravilha! Desenhadas pela natureza com fósseis e sedimentos vegetais depositados através do tempo. E tudo acontece espontaneamente, sem a bosta da mão do homem para escangalhar. Não é uma beleza?!

Olhou de novo, e viu de novo, o sangue carimbado no chão. Alguém tentara limpar aquilo, mas a pedra porosa deve ter dificultado a tarefa. Um vermelhão mal lavado esparramava-se à entrada, borrando tudo e deixando o piso com cheiro de ontem. A vontade de vomitar não chegou a fazer diferença entre tantas sensações que a atordoavam naquele instante. Outras manchas de sangue faziam uma espécie de caminho em que pingos e poças se intercalavam com borrões de dedos vermelhos escorregados pelas paredes. Havia cinco quartos no corredor que dava para a suíte do casal. Era ali que a mãe havia começado a morrer. A morte principiou na suíte, agravou-se pelo corredor, e encerrou-se por etapas ao longo da sala até o ato final junto à porta da entrada. Consuelo deve ter tentado fugir. Em vão, como demonstrava o tamanho da poça ao fim do trajeto. A menina andou no sentido inverso e não precisou voltar para entender o que via. Os detalhes eram de rigorosa precisão. Lembrou do menino que para não se perder no bosque deixa migalhas de pão pelo caminho. Na volta procura as marcas e não encontra porque passarinhos as haviam comido — ele não tem como retornar. Em sua casa as marcas do caminho estavam intactas, mas ela também não tinha como retornar. Para quê? Para onde?

Entrou no quarto do meio, seu quarto, no meio de tudo... Pegou duas ou três peças de roupa, porque a presença daquele homem atrás dela a fez lembrar que era para isso que estavam ali. Então, foi até a suíte da mãe. Abriu os armários embutidos e constatou que estavam praticamente vazios. Havia três pares de sapatos muito usados e umas oito peças de roupa. Consuelo não era alguém que gostasse de jóias, tinha poucas e bonitas, mas não se via nenhuma agora, apenas algumas bijuterias de artesanato africano. A menina abriu duas caixas onde a mãe escondia um par de vestidos que gostava de usar escondido de Carlos. Lembrou-se da primeira vez que a havia visto com um deles. Foi numa tarde em que, recostada no umbral da porta aberta, assistia à mãe se preparar para alguma coisa boa — a menina ria enquanto a mãe evoluía alegre e palhaça. Consuelo colocou o vestido no corpo e devolveu a caixa para seu lugar no fundo do armário; ficou esplêndida de vermelho e bolas brancas. Ia receber o violinista da orquestra da cidade para ensaiá-lo, acompanhando-o ao piano.

— Por que você só coloca esse vestido quando o Alcides vem aqui?

— Ah, você sabe como seu pai é chatinho. Implicou com o vestido por motivo nenhum. Não é bonito? Eu visto quando seu pai não está por perto para não incomodá-lo. Fica sendo um segredo nosso, tá?

A menina fechou a caixa, que agora estava vazia.

Será que Consuelo o estava usando na hora da morte, será? Abriu uma segunda caixa do outro vestido que também morava no fundo do armário e de novo, nada dentro. Não, os vestidos não estavam no corpo da mãe. Alguém havia mexido em seu segredo.

— Alguém esteve aqui antes de mim? — perguntou para que o advogado lhe negasse.

— Parece que sim, não é? — confirmou Dr. Mazur, com ar desaprovador — Essa gente é fogo, não alivia nem numa hora dessas, roubaram tudo, é?

E, sem esperar que a menina lhe respondesse, saiu do quarto para ver se o mesmo havia ocorrido nos outros cômodos.

A menina ficou no quarto devassado da mãe. Não haviam mexido no jaleco de seda preta e dourada que padrinho René trouxera para Consuelo de uma viagem à China. Nem no lenço de seda com lindos desenhos de cavalos em azul e marrom. A menina levou-o ao nariz e sentiu o cheiro da mãe.

— Mme. Rochas deve ser usado com cuidado — escutou a mãe dizer. — Há uma medida exata em que ele é sutilmente inebriante, se ultrapassar fica enjoativo. Só pode usar quem descobre o mistério da dose.

E aquele odor foi embalando-a num sonho sereno e perfeito...

— Vamos! — cortou o advogado.

A filha pegou o jaleco da mãe, o lenço e mais um colar de marfim indiano que haviam esquecido de furtar, por ignorância talvez, e enrolou tudo numa trouxa. Apertou o tesouro contra o peito, catou seus pertences pessoais e saiu da casa. Não olhou em volta nem para trás. As imagens, as lembranças, já se haviam agarrado a ela para sempre. A menina as levou ao deixar a casa, eram seu legado de uma vida em família.

A ayahuasca é uma bebida de origem indígena que foi usada pelos povos incas para promover curas e previsões. Trata-se de uma antiga tradição esotérica da América do Sul. Nas tribos indígenas somente os pajés e a família real eram autorizados a usar o chá, e sempre para fins específicos: orientar as colheitas do milho, nas grandes decisões políticas, em partos complicados, no alívio da dor, ou para erradicar doenças que se instalassem nas comunidades. Acredita-se que o chá tenha poderes transformadores, e por isso ele é usado hoje em dia por gente que busca autoconhecimento ou sentido. No Brasil deu-se o nome de santo-daime à seita que se utiliza da ayahuasca como sacramento em suas cerimônias religiosas.

Eu cheguei ao daime pela mão de amigos. Estava extenuada pelo excesso de trabalho e mais ainda pelo desgastante processo que levou ao suicídio de meu pai. Há muito vinha sendo persuadida a participar dos rituais da seita, mas o ceticismo aliado a preconceitos me desestimulava. Naquele momento, cansada da vida, da morte, de tudo, e sem forças para me opor à boa intenção de gente que me queria bem, deixei que me levassem.

Cheguei ao templo quando a sessão estava para começar, não houve tempo para explicações. Sentaram-me numa poltrona no interior de um quadrado de gente que se expandia em várias camadas e filas. De um lado mulheres, do outro homens, atrás de mim moças jovens, e à minha frente rapazes. As mulheres se vestiam com uma espécie de uniforme de normalista com direito a saias pregueadas que lhes cobriam os joelhos, e os homens trajavam camisa branca, calça de tecido sintético azul-marinho e gravata na mesma cor. No meio de todos nós havia uma mesa coberta por uma toalha branca de rendas. Em cima dela, imagens de santos, a foto de um homem muito negro, outra foto de um senhor branco e barbudo, a foto de uma cabocla gorda e sorridente que parecia o Buda chinês, um crucifixo e um jarro de flores brancas.

Eu estava no centro de tudo, ponto estratégico para a observação, mas também, atriz conhecida, para ser observada.

Serviram-me da bebida, que eu tomei sem pestanejar. Tinha o gosto muito mais desagradável do que poderia ter imaginado caso me houvessem prevenido. Terra azeda. Deixava na boca uma acidez que ia e voltava com a respiração.

O ritual começara e as pessoas bailavam de forma ritmada, mantendo a formação quadrada num três pra cá três pra lá que não parava nunca. E cantavam hinos de louvor a Deus com voz de garganta muito gritada — despontavam os agudos das moças jovens às minhas costas.

Eu olhava tudo com interesse um tanto exótico, devo dizer. E havia também certa perplexidade diante de minha própria insensatez: onde fora amarrar meu bode? O que estava fazendo no meio da floresta com esta gente estranhíssima, já não bastava a vida complicada? Estava ali no exercício da autocrítica que normalmente precede momentos de lucidez, quando a razão me fugiu. Meu tronco começou a balançar muito forte para cima e para baixo, num movimento repetido como o dos autistas. Só me dei conta de que estava mexendo assim depois de algum tempo e por causa de um relance de estranhamento que captei no olhar de alguém. Tentei parar o corpo, mas ele não obedecia. Tentei muitas vezes e sem sucesso, o ritmo do vai-e-vem só fazia aumentar. Passou-se um tempo, não sei quanto, e tiraram-me dali. Levaram-me para uma salinha separada do corpo da igreja cujo nome eu ainda consegui ouvir: sala de cura. Duas mulheres me carregavam orientadas por um homem que aparentava ser o mestre de toda a cerimônia. Não era longe o trajeto, mas devo ter parado umas duas vezes para vomitar. Nunca havia vomitado na frente de pessoa alguma, mas àquela altura isso parecia desimportante diante de outras percepções. O chão não estava no chão, eu pisava mas não sentia impacto algum, o teto não estava em cima, não havia teto, havia um nada imenso e escuro, eu amassava meu próprio braço mas não sentia a carne, era como agarrar o ar, e assim também com meu corpo, que não estava ali como de hábito, ou melhor, eu o via às vezes com os olhos, mas não o sentia. Também não ouvia quando falavam comigo e não escutava a cantoria do salão (isso poderia ser uma vantagem, considerando-se a qualidade da música, mas no caso a falta de referência sonora me deixava ainda mais confusa). Todos os meus parâmetros mais simples me haviam desertado.

Deitaram-me num chão de madeira em cima de um colchonete (percebi depois, naquele momento apenas me deixei levar), as mulheres se posicionaram uma de cada lado meu, enquanto o mestre-homem aparecia só de vez em quando para ver como seguia a história. Às vezes eu o percebia com seu jeito sério e misterioso, tinha a voz grave, e quando entrava a atmosfera do ambiente mudava sensivelmente de forma a suspender-me por instantes do transe em que me encontrava. No espaço interno, particular, em que a bebida me instalara, eu via milhões de coisas numa rapidez que a mente não conseguia processar, passavam imagens, sons e sensações que nada tinham a ver com o de fora, e sim com processos de dentro da minha cabeça. Era um turbilhão, um mundo inteiro, o universo girava dentro de mim, caleidoscópico, com todas as suas possibilidades. Eu precisava que ele parasse, mas o universo não pára, e é infinito, e não pára e contém todas a coisas e não pára e é infinito e é infinito... Duas horas daquilo e eu estava para ficar louca. Vomitava sem parar dentro de um balde que colocaram ao meu lado, e ia muito ao banheiro, sempre amparada por uma das mulheres. Nunca em momento algum da vida tive o desejo firme de morrer, a não ser, um pouco, na vez em que A. me abandonou. Mas naquela noite a morte me pareceu a única saída para a tormenta sem fim, porque a outra opção era a loucura, e essa eu tinha certeza de que não me servia. Quando o homem entrou novamente, e com um copo na mão mandou que eu tomasse mais um gole do daime, recusei peremptória.

— Não posso.

De repente, num fio de lucidez, ouvi a palavra "passagem":

— Você vai fazer a passagem.

Naquele instante, entendi passagem como sendo a morte. Peguei o chá que o homem estendia para mim e dei um gole pequeno. No mesmo momento abriu-se um portal nos meus interiores como um arco de triunfo iluminado, e eu, deitada no colchão, atravessei-o mentalmente de um lado ao outro, porque era isso que precisava ser feito. Quando cheguei do lado de lá, imediatamente minha consciência voltou. Cristalina. Não dera tempo para o daime bater no estômago, mas o fato é que agora eu via bem o homem e as duas mulheres (uma delas era a atriz Lucélia Santos, minha amiga), meu corpo estava em mim, a cantoria soava no salão acima de nós, o teto voltara ao teto e o chão encontrava-se embaixo de nossos pés. E eu estava leve. Incrivelmente leve! Minha vida, tudo o que era peso, o que era trauma, o que era triste, o que era dor, tudo parecia ter se depurado e transformado num imenso zero. Eu havia morrido sim, e renascido num tempo quântico que não se conta em horas, ou anos, ou segundos; a transformação se dera no tempo da verdade. Era como se, tendo revivido tudo num *fast-forward* de hiperconscientização, agora não sobrasse carga alguma para carregar, mas espaço aberto, para o que o por-vir quisesse trazer.

E essa foi a mágica que me aconteceu, por meio de um chá indígena, numa noite em que eu não esperava nada do nada.

Subi pro salão e bailei.

Nos três anos seguintes, em que freqüentei o daime assiduamente, o que fiz, e de formas muito variadas, foi reviver aquela experiência e sedimentá-la.

Muitos milagres me aconteceram. Vi, como estou vendo o computador à minha frente, coisas que não se vêem normalmente, porque no estado habitual da consciência essas realidades não se encontram perceptíveis, apesar de estarem ali para serem vistas. Mas isso é papo para quem gosta de física quântica, ou para quem já vislumbrou minimamente outras verdades menos corriqueiras que a do "correr atrás para se dar bem".

Eu fazia análise freudiana há anos quando comecei a freqüentar a seita, mas esta, diante daquilo, virou para mim uma futrica de botequim. Meu mergulho foi fundo, foi denso, e foi bom. O entulho que sufocava, retirei de cima de mim. Chorei oceanos, rompi os diques de minhas represas, caminhei por tempestades de areia. Depois, sentada sobre as dunas que se formaram, lá do alto, presenciei belezas transcendentais. Mais do que tudo, coisa simples, virei mulher. Eu era um ser híbrido com medo da fêmea sentimental, intuitiva, e por função parideira, que existia em mim — era um amontoado de fazeres e aconteceres. Naquele divisor de águas, em que eu antes era levada pela corrente, mas depois virei a própria corrente que levava, pude conciliar-me com um aspecto muito feminino de meu ser e, assim, preparar-me passivamente para a concepção. E, ao realizar algo tão prosaico para tantas, mas que para mim, com dez anos de tentativas malsucedidas, não parecia possível, tornei-me igual à vaca, à cabra, à girafa, à lesma. E, irmanada à criação, senti o círculo se fechar em completude. Estou segura de que esse feito terá sido nesta vida o meu melhor, mesmo que siga mais sessenta anos, e que tenha a ventura de me tornar cada dia mais lúcida, e que produza maravilhas a partir disso, nada terá sido mais relevante; o resto todo, acredito, é passatempo. (Como passá-lo, claro, é a escolha de cada um: suas gloríolas e desventuras.)

* * *

Não sei se prefiro as viagens que fiz por dentro, em momentos de clareza espiritual, ou as outras que me levam por aí, pelo mundo. Andei por mais de sessenta países, e sigo nisso ainda, sem indício algum de que um dia vá me cansar.

No final dos anos 70 viajei só, de carona pela Escandinávia, chegando até o pólo Norte. Conheci os povos lapões e vi o sol brilhar à meia-noite.

Faz frio por lá e é úmido, muito úmido. Para retornar daquela lonjura, meti-me num navio que rumava para o sul passando pelos fiordes da Noruega. Eu só tinha uma roupa, que era lavada de noite e recolocada de manhã. E possuía um único sapato com solado de corda, que um dia se desfez na aguaceira das chuvas e da água salgada do mar. Lembro-me bem do norueguês grandalhão que se deixou comover por minhas franciscanas circunstâncias. Ofereceu-me um tênis tamanho 43, pequeno pra ele.

— É um presente, você aceita?

Cavalo dado, dinheiro curto... calcei o sapatão e continuei a viagem feliz da vida.

No norte da Noruega há uma cidadezinha chamada Trondheim. Ali tem uma floresta igual à da Chapeuzinho Vermelho, com bosque típico do Norte europeu, tudo muito organizado, sem arbustos e cheio de civilizadas coníferas, nada parecido com as profusas matas tropicais que eu conhecia.

Encantada, arranjei uma bicicleta e saí pedalando por dentro. Pedalei horas, tomada por uma sensação de liberdade que não me deixava parar — a mesma que sentia quando, menina, desvendava os campos montanhosos dos arredores de minha cidade. Lá pelas tantas, ao parar para descansar, percebi que estava perdida. A noite chegava e não havia nada que me indicasse a direção de volta ao povoado. Apenas árvores e mais árvores. O verde daqueles pinheiros compridos é escuro e, com a noite, ficava preto. Só fui encontrar o rumo de casa muitas horas mais tarde, cansada, com fome, e com um frio de roer o osso.

Anos depois, contei essa história para o diretor Augusto Boal, que me dirigia numa peça de teatro. Ele é a única outra pessoa no mundo que já esteve em Trondheim.

Estocolmo fica na parte litorânea da Suécia. Está situada num arquipélago de 14 ilhotas, unidas por 53 pontes, na região onde o Lago Mälaren encontra o Mar Báltico. É uma linda cidade arborizada, e quando faz sol chega a parecer alegre. Ali tive um romance relâmpago com um rapaz que era carpinteiro de dia e professor universitário à noite. Contou-me a vida nos dois dias que passamos juntos. Eram histórias de um homem triste, e eram bonitas. O rapaz nunca havia contado nada daquilo pra ninguém, tudo muito íntimo para dividir com um conhecido, disse. Só se abriu comigo porque eu era estrangeira, estava de passagem, indo embora, e nunca mais nos veríamos.

De fato...

Copenhague tem o melhor sorvete do mundo! As vacas da Dinamarca possuem tetas divinas — Caetano ia adorar... Havia por lá — e ainda há, mas parece que modificado por novas regras — um lugarejo chamado Christiania. Era uma antiga base militar americana desativada desde a Segunda Guerra. O governo liberou o lugar para que drogados pudessem viver e enlouquecer sem serem importunados, e vice-versa. Tinha gente andando nua pelas ruas, outros, viciados organizados, tentavam reconstruir casas caindo aos pedaços.

Música *new age* (da época) tocava pelos cantos, e drogas de toda espécie eram usadas abertamente. O lugar fazia o gênero "liberou geral", mas a atmosfera pairava curiosamente tranqüila. Passei alguns dias na serenidade daquele caos.

Na antiga Iugoslávia o povo era o mais amável de toda a Europa do Leste. Estive na região pela primeira vez bem antes da separação da República. Em uma viagem de trem para a Macedônia, conheci um rapaz que voltava para casa após dois anos de serviço militar. Ao deixar o lar, deixara também a mulher grávida, tinha uma filhinha que iria ver pela primeira vez. Comovido, mostrou-me uma foto, falou de seu mundo, estivera longe da família e de tudo de que gostava por meses demais. Ia agora ao encontro do tempo perdido. Conversamos por mais de duas horas. Gostei muito dele — aconteceu algo profundo entre nós. Só no final, quando o moço saiu do trem, percebi que falara com ele em português, ou francês talvez, enquanto ele retornava num dialeto que eu desconhecia. Não tínhamos nenhum idioma em comum! Em que língua nos entendemos?

Passei um dia em Berlim Oriental, antes da queda do Muro. Para quem não gosta de cinza, aquilo parecia o fim do mundo. Ao contrário da Berlim de cá — vibrante, cosmopolita, colorida —, aquela era uma cidade de gente deprimida, presa, e sem liberdade de espírito. Não sei o que me deu, minhoca na cabeça, resolvi trocar dólares no câmbio negro. E esqueci que haviam contado meu dinheiro na fronteira e que teria de prestar contas. Na volta, evidentemente, os valores não batiam. Para piorar, eu havia deixado minha mochila na estação de trem e perdido a chave do armário. Os guardas queriam me prender. Ao tentar explicar a situação, num alemão precaríssimo, só me vinha à mente a palavra *kaput* — era a minha idéia de como sugerir aos policiais que explodissem o armário para me restituir a bagagem — únicos pertences de uma viajante!

Depois de muita discussão, Deus sabe como, consegui ir embora em liberdade. Os pertences, é claro, ficaram.

Num curso de história da Universidade de Sorbonne, fiz amizade com um alemão chamado Max. Planejamos, nas férias, ir juntos de carro para a Alemanha. Iríamos ele, R. e eu. O trajeto incluía uma parada para esquiar nos Pireneus ao sul da França. Max contou que fora instrutor de esqui e poderia nos ensinar tudo que não sabíamos sobre manobras na neve. Estávamos feitos!

Primeiro dia de esqui, Max subiu a montanha mais difícil para uma exibição de seus dotes. E desceu. De maca. R. e eu não acreditamos quando nos disseram que Max havia quebrado, não um, mas os dois braços!

E agora, quem ia dirigir? Nosso amigo alemão era o único que tinha carteira de motorista internacional. Além disso, a mãe de Max nos esperava em Munique, numa data marcada, e, como se sabe, os alemães levam essas coisas a sério.

— Deixe comigo, Max, fique tranqüilo que vou resolver tudo.

Fui a um telefone público e disquei para Frau Goëllen.

— Here ist eine freunde da vossen kinder Max. É o seguinten, aconteciert eine klein problemish. Ahnn..., Max, bom, digo, well... Max ahn... Max kaput.

Novamente aquela palavra!

A mulher desfaleceu do outro lado.

Fiz um grande favor para um desconhecido que me dava carona, atravessando a fronteira da Alemanha para a Suíça. Por algum motivo, policiais acharam que eu tinha semelhanças com os integrantes de um grupo terrorista da época, o Baader-Meinhof, cuja líder acabara de fugir da prisão. Vasculharam como loucos minha mochila e encontraram umas pequenas esculturas de cera de vela, frutos inúteis de uma brincadeira da noite anterior. Levaram as coisinhas para dentro do posto, mexeram, viraram e derreteram, pensando que contivessem, sei lá, uma bomba talvez. Foram horas de espera até concluírem que em minha arte chinfrim só havia mesmo cera e falta do que fazer. Acontece que os policiais eram suíços... Esperamos então mais um par de horas até que refizessem as esculturas, para me entregar tudo como era antes. Fomos, por fim, liberados e atravessamos a fronteira entrando na Alemanha. Eu estava muito envergonhada por ter feito o dono do carro se atrasar por minha causa. Passados alguns quilômetros, nosso companheiro motorista levanta o banco de trás e diz: veja o que você fez por mim. Olhei, e pasmei. Havia no fundo do banco drogas leves, pesadas, médias e de todo tipo imaginável — o carro era um ponto de tráfico móvel!

Ao fim da viagem — para não contrariar o rapaz —, levei um baseado de lembrança.

Como tem chinês na China. Esse negócio de que povo de olho puxado não gosta de certos assuntos é conversa fiada. Chinês gosta tanto que o governo foi obrigado a baixar medidas para conter a explosão populacional, contudo não se percebem os efeitos. Algo corriqueiro como atravessar a rua, ali, torna-se uma aventura — acende o verde para pedestre, a turba vem na sua direção, e você, leigo desavisado, se vê num jogo de rúgbi sem ter para onde correr.

A China é um pouco menor que os Estados Unidos, mas tem cinco vezes mais habitantes. Estive lá faz dois anos e fiquei pouco tempo para tirar grandes conclusões, mas meu palpite é que muito em breve essa gente obstinada vai mesmo dominar o mundo. Aquele chinês calmo, espiritualizado e desprendido de bens materiais não existe. O que se vê é um povo que gosta de dinheiro e não tem medo de trabalhar para consegui-lo. Acostumaram-se a pegar no batente 12 horas por dia, ralando para o Estado sem hora extra, sob a batuta de Mao. Agora, com a economia aberta e trabalhando em benefício próprio, 15 horas de labuta viraram um passeio no parque.

O enriquecimento do país é ostensivo e muito visível nas grandes cidades, onde a cada dois minutos nasce um arranha-céu. Xangai está cheia deles. São edificações modernas, de um jeito que não há em país algum, porque, sendo futuristas, levam em conta o antigo *feng-shuei*, e, sendo arrojadas, jamais deixam de lado a beleza e elegância das formas. Um arraso. Quando de noite tudo está iluminado, Las Vegas vira brinquedo de criança perto da sofisticação das luzes de Xangai. Dá vontade de bater palmas.

Chinês é obcecado por grife. Nas cidades grandes as Gucci/Prada estão brotando feito mato. Também não é para menos, se imaginarmos que há 25 anos aquele povo todo andava por ali de pijaminha azul, um idêntico ao outro; agora que podem mostrar suas diferenças, estão ávidos por fazê-lo. Não é só nas roupas que o chinês gosta de ostentar, com carros dá-se o mesmo. Num país onde antes só se andava de bicicleta, hoje há cada vez mais Mercedes circulando pelas ruas.

A província de Guanjzou é a mais industrializada da China. Incontáveis multinacionais vêm se estabelecendo ali por encontrarem mão-de-obra laboriosa e barata. Curiosamente, ao contrário do que ocorre quando se estabelecem em outros países, a preocupação dos empregadores estrangeiros está em fiscalizar os operários para que não se excedam na carga horária ou no empenho com que se dedicam ao trabalho. Não fosse pela competição, que é imensa, culturalmente, o povo chinês exige demais de seus indivíduos — desde cedo pais cobram dos filhos um desempenho excepcional em todas as atividades. A pressão é massacrante, e entre as conseqüências está o alto índice de suicídios entre adolescentes, porque esses, não raro, na hora de decidir o que vão fazer da vida preferem saltar para a morte. As estações de metrô têm portas de vidro nas laterais dos trilhos que abrem e fecham junto com as portas dos trens para impedir que jovens desesperados se atirem à chegada dos vagões. A notícia boa é que, quando se agüenta o tranco e se fica velhinho na China, vira-se um ser especial que a sociedade trata com deferência e afeto — é comovente ver nas ruas a atenção com que os familiares tratam seus idosos.

Não conheci o interior do país e pretendo corrigir essa falha. Mas da próxima vez irei preparada, e, para tal, matriculei-me num curso de mandarim. Compreendi, na última incursão, que idiomas ocidentais não servem para muita coisa quando se está na China. Tentar se expressar com gestos também não presta — chinês gesticula em chinês. Então, vou me esforçar com o yion shin shon do putonghua, e, se não der tempo para grandes progressos até a viagem seguinte, ao menos estarei me preparando pro futuro — um planeta de olhos cada vez mais puxados.

Tenho vinte anos e estou em Amsterdam num desses hotéis de jovens, tipo albergue. Acordo, entro no banheiro e topo com um homem nu, escovando os dentes — o pinto balançando ao movimento da escova. Levo um susto, peço desculpas e já vou saindo quando o sujeito me olha sonado, com uma cara de "ahnn?".

Volto e tiro toda a roupa. Pelada, lavo o rosto e escovo os dentes como se aquilo fosse a coisa mais normal do mundo.

E era.

Estive na Namíbia há alguns anos com a Maria, um amiguinho dela e F., meu namorado na ocasião. Visitamos a reserva de Etosha, fronteira com Angola, onde passamos uma semana rodeados de leões, gnus, hipopótamos, elefantes, girafas... Saímos de lá encantados com a vida selvagem, mas necessitados de certos confortos que ali faltavam. Voaríamos para Windhoek, a capital, e dela para fora do país. O avião era pequeno. Pequeno a ponto de parar para abastecer no meio do deserto, num lugar com o nome impossível de Swakapmund — com tanta letra no nome, só havia ali uma bomba de combustível, e areia, areia, areia. Chegamos à capital. Muito interessante, negros falando alemão... Não é preconceito, longe de mim, mas, sinceramente, não combina. Dois dias ali e de novo aeroporto. Só que agora seria tranqüilo, um Boeing nos levaria à África do Sul. Mentira. Quando entramos no avião percebemos que era ainda menor do que o anterior, oito lugares. F. não cabia na cadeira. Sobrevoando o deserto de Kalahari, em Botsuana, enfrentamos uma turbulência que eu não conseguiria descrever se tentasse. Fiquei imaginando por que o destino me haveria reservado um fim em queda livre num avião medonho em terras tão remotas, enquanto F. rezava para todos os santos africanos e as crianças brincavam assustadoramente inocentes naquele sacolejo de rever a vida.

Lição: Não se deve voar em solo africano. É quase tão perigoso quanto voar no Brasil.

A menina, como freqüentemente acontece, cresceu. Estudou sociologia e encheu a cabeça de idealismos. Sonhava em trabalhar na África.

Os anos haviam feito dela uma mulher benevolente e afável — tinha os olhos encharcados de esperança e o sorriso de quem gosta por gostar. Com a sorte que usualmente condescende com aqueles que são bons, aos 22 e recém-formada, viu-se aos pés do Kilimanjaro, no nascedouro da humanidade, empregada como socióloga residente da Tanzânia para a Organização das Nações Unidas.

Trabalhou principalmente com questões ligadas ao analfabetismo. Na verdade, suas atividades eram mais voltadas a uma assistência direta às comunidades do que à pesquisa sociológica propriamente, mas ela não se importava, gostava até, porque se sentia mais útil assim. É preciso calma e perseverança para se andar com as coisas em território africano, onde os esforços esbarram quase sempre em muros de desinteresse espesso, mas a menina era uma otimista e, quando nada mais funcionava, ela contornava a falta de perspectiva com o entusiasmo dos loucos. Laboriosa, inventou formas inusitadas para esperar que montanha fosse a Maomé, e foi assim que criou grupos de mulheres artesãs entre pessoas que nunca haviam praticado nenhuma atividade similar, conseguindo depois que seus produtos fossem vendidos na Europa; e foi por isso que inventou mutirões para a construção de poços com água potável durante as secas e fez erigir barreiras eficazes contra as águas dos tempos de chuva. Era essa a sua maneira de esperar que o mundo das promessas se desenrolasse para tirar a gente da indignidade milenar. Ao longo dos anos e por conta do espírito inventivo, foi sendo transferida para outros países mais necessitados de seus modos empreendedores. Por onde passava plantava vitórias, dava forma ao impossível e fazia mexer o que sempre se mantivera — esta era sua arte, tocar e transformar. Mas, apesar dos amigos de infância que chegavam de toda parte para visitá-la e das relações de amizade que brotavam feito grama a cada dia, quase não se permitia jogos de amor, seu tempo era voltado para dignificar a vida do outro.

E foi numa noite de chuvas calamitosas, com a tempestade a fazer rugir os céus africanos, que o acaso lhe apresentou Chougel Klerf. Mudara-se recentemente para a Suazilândia, mais uma vez deixava para trás laços e feitos para dar início a um novo começo, e mais uma vez teria que reinventar a vida — o que outrora parecia estimulante agora provocava fastio. Cansava-se do repetitivo sistema de desapegos, e acabara justamente de comentar o desconforto num jantar com amigos, quando ventos enfurecidos impediram-na de deixar o restaurante. Rios corriam pelo calçamento das ruas de Lobamba arrastando galhos e árvores inteiras, seria impossível aventurar-se a pé ou de carro. Chougel Klerf, que jantava em companhia do jovem príncipe Makhosetive, já tendo se detido nas maneiras suaves da moça branca sentada à mesa ao lado, levantou-se e ofereceu ajuda com naturalidade.

— A tempestade deve ter destruído as barragens no alto do rio Usutu, logo a água começará a escorrer por debaixo das portas. Sou médico, Sua Alteza e eu passamos o dia visitando comunidades no interior do país aonde só se chega de caminhão. Precavidos, usamos um carro que mais parece um trator. Há espaço para todos e gostaríamos de nos oferecer para conduzi-los a suas casas.

Chougel era alto, magro, bonito e mulato. Vivera até os 25 anos em Luxemburgo, país de seu pai, um próspero cientista luxemburguês. Com a morte desse, que era também o seu mentor, resolveu que chegara a hora de se entender com a outra metade de sua genética e tocou para a África levando consigo a mãe, uma maliana que na juventude fora para a Europa trabalhar como modelo, mas que, por ser distinta e serena ou por saber dizer sem pronunciar palavras, casara-se com o cientista envolvendo-o num amor cabal que vicejou até o fim de suas vidas (o marido permanecceu vivo em seu espírito e, ao deixar Luxemburgo pelo Mali das suas lembranças, levara-o consigo).

Entre Chougel e a menina foi amor à primeira vista. Passaram juntos a noite da tempestade, e a segunda, e a terceira noite. Amaram-se com o conforto dos que se conhecem de outras existências, e pela simplicidade incomparável que há nas revelações românticas verdadeiras entenderam que queriam sorver daquela magia para sempre. Em um mês a menina deixou a ONU, onde havia sido feliz por tantos anos, e foi-se para o Mali viver com Chougel. O marido era um idealista como ela. Acima de si próprio, mas ao lado do sentimento que nutria pela mulher, amava o bem que podia fazer pela pátria de sua mãe, o Mali de sua escolha, país mais pobre da África.

— Minha querida... há uma história que diz que a pessoa vem ao mundo como médico duas vezes: na primeira e na última encarnação. Na primeira é para brincar entre a vida e a morte por conta de sua inexperiência e irresponsabilidade, e na última, para que, do alto de suas virtudes, possa salvar, curar e dignificar a vida.

Assim, com a força do amor que havia entre eles e pela determinação de ambos em partilhar essa força, o médico e a menina trabalharam quatro anos sem trégua, e conseguiram construir na capital, Bamako, um hospital de atendimento amplo e gratuito para crianças e jovens de até vinte anos. Quando o estabelecimento estava em pé, especialistas do mundo inteiro chegaram pra ministrar cursos práticos em que repassavam seus conhecimentos para médicos locais. O que poderia ter sido um rasgo de aventura foi aos poucos se transformando em experiência modelo, e com os anos o hospital passou a receber e a tratar doentes de todo o continente africano.

O casal teve três filhos, Paul, Patrick e Ana. Viviam numa casa de nove quartos cheia de portas e janelas largas que abriam para varandas ininterruptas. Um jardim de árvores frutíferas contornava o casarão, e no pátio interno uma figueira de copa frondejante fazia sombra para duas grandes mesas redondas que a menina instalara ali a fim de que nunca faltassem lugares. Além do casal e das crianças, moravam na casa a avó Aissata — doce mãe de Chougel — e a família de Antônio, o irmão da menina, que no princípio das coisas aproveitara férias no Brasil para prestar auxílio com o hospital e nunca mais conseguira ir embora. É que Antônio se casara com Laura, uma neurologista inglesa, e logo assumiu não só as finanças do projeto como tudo o mais que precisasse de sua contribuição. Com duas meninas pequenas, Antônio e Laura consideravam mudar-se para um canto só seu, mas quem é que deixava?

Às vezes também amigos de fora chegavam para passar semanas e largavam-se por meses à hospitalidade quente daquela família cheia de afeto. E ainda havia as crianças do hospital... Se não tinham condições de se recuperar em suas casas, a menina carregava-as para dentro do casarão até que estivessem saudáveis e fora de perigo. Por ali iam ficando...

— Sempre haverá espaço para gente amiga ou necessitada. É assim que Aissata me ensinou, e é assim que nós gostamos — generalizava incluindo a família como extensão de suas maneiras.

Era aniversário de sete anos de Ana, a caçula. Chougel chegou para a festa carregado de presentes. Havia passado uns dias em Uganda a trabalho, mas conseguira largar tudo a tempo de comemorar a data ao lado da filha. No final da noite, mais que cansado, despencou na cama com febre e dores no corpo. Três dias se passaram e os sintomas só fizeram piorar, a febre aumentava, Chougel tinha náuseas, perdia peso e sentia-se cada dia mais fraco. Nos exames, o que se temia: a doença do sono, e na sua forma mais letal, a T. rodesiense.

A menina sentou-se ao lado do marido e ficou. Dia e noite. Lavou-o, limpou, rezou, alimentou-o com papa de araruta cozida em ervas curadoras, serviu-lhe caldo de gavião e cremes de feijão branco fortalecido na carne de javali. Passava as noites acordada para que nunca seu amor a chamasse sem que o pudesse ouvir. Quando perdia as forças, fugia para o colo de Aissata, aninhava-se e chorava escondida do resto da casa. Depois voltava para o marido, e, serena, contava histórias, cantava antigas cantigas de roda de seu país, e botava na vitrola chorinhos de Cartola por acreditar que seriam milagrosos.

Passou-se um mês e Chougel se foi. Um vazio inclemente ocupou o casarão. As portas se fecharam, a alegria se apagou, e a menina trancou-se em luto severo. Recolheu-se à morada dos mortos, onde há absoluta ausência de luz — único conforto para a saudade sem fim. E mergulhou.

A gente só ama eternamente, ininterruptamente, os mortos.

Enquanto isso minhas andanças continuavam.

É manhã de Páscoa em Nova York. Resolvo louvar a Deus num culto de negões batistas que o negão da portaria do hotel garantiu ser coisa de negão autêntico. Toco pro Harlem. Logo à entrada o sopro de excessos em dia de festa me situa inequivocamente. Há risada e falação, altos decibéis, e aquela liberdade estética inalcançável que caracteriza o visual *black* pelos quatro cantos do mundo. Muita cor, decotes com peitões à mostra na casa de Deus, so what, bundas protuberantes e rebolativas, carnes se espremendo para fora das costuras cerradas das roupas.

A senhora que me recebe veste saia vermelha colada aos glúteos, blusa amarela e vermelha e chapéu vermelho, amarelo e turquesa com direito a véu caído sobre os olhos e uma exuberante camélia na lateral. As meias de seda bege contrastam com sapatos laranja-fulgor, e sua bolsa de canutilhos é azul-turquesa. Uma alegria! Senti-me como a representação da monotonia em meu insosso modelo *ton sur ton*, mas a negona-nem-tchum, com julgamento zero e simpatia 10, aliviou-me por meio de um sorriso indicativo da área reservada aos visitantes, nos bancos de centro, à esquerda do palco.

O culto começa, e um pastor empolgado fala sobre o significado da data em questão. Ele prega e os congregados reagem com gritos de concordância: "That a way! Oh yeh, man! Praise the Lord!" Mas a falação não dura porque todo mundo ali sabe que existe uma arte mais eficaz que a palavra, com poder mais luminoso que o entendimento, e que bate direto na zona onde se flui naturalmente para a magia e o enlevo. Assim, sem mais, passa-se à música, e tudo, todos, vão se transformando pela via do prazer. Alguém canta no palco enquanto outro responde da platéia. Dali a pouco já são cinco no palco, com a platéia inteira batendo palmas, gritando vivas e cantando glórias de magnífico esplendor. O Espírito Santo se manifesta na cantoria dos negros. Eu ali no meio sou negra também. Estou de pé, dançando aos prantos, quicando de energia e êxtase. O mundo está de pé. Naquele lugar todos que abrem a boca são a Whitney Huston, a Aretha Franklin, ou o BB King. Até eu canto bonito integrada ao imenso coro de arcanjos.

Prometo: na próxima encarnação virei preta e batista, para voar alto sem ter que sair do chão.

Pouco antes da queda do Xá Reza Pahlevi, R. e eu viajamos um mês pelo Irã. A cultura persa é rica e milenar, e berço de grandes poetas, filósofos e pensadores. Mas naquele momento o país vivia em grande tensão política. Era difícil também ser mulher de aspecto europeu ali. Eu vivia com a roupa fechada até o pescoço, e em lugares como a cidade sagrada de Meschad, por respeito, só saía vestida com o xador. Mesmo assim R. teria preferido que eu ficasse trancada no hotel e às vezes se recusava a andar comigo, para não ter que sair no braço com os engraçadinhos que a toda hora deixavam as mãos pousar na minha bunda de mulher branca (o que para muitos era sinônimo de mulher devassa). Meu desejo e o de R. era ir embora o mais rápido possível, pretendíamos entrar no Afeganistão, atravessá-lo por terra até o Paquistão e chegar à Índia, ou à China, que acabara de abrir suas fronteiras ao turismo internacional. Acontece que o Afeganistão sofrera a primeira das muitas invasões russas que viriam a seguir. Não dava vistos para ninguém. Sobrevoar teria sido uma opção, mas não havia dinheiro para isso. Então, sem sucesso com os vistos na embaixada de Teerã, resolvemos tentar o consulado perto da fronteira. Durante dez dias bati ponto por ali. Chegava bem cedinho para ver o cônsul entrar, e acho que consegui quebrar o diplomata pelo cansaço. Vitória! R., eu e mais uns dez fomos o primeiro grupo de turistas a adentrar o Afeganistão naquele momento da história. Fiquei muito impressionada com as marcas de balas nas paredes e os tanques russos estacionados pelas ruas... Um deles tinha um guarda muito bonito deitado em cima, a carabina em uma das mãos, uma rosa na ponta do cano e um cigarro de haxixe na outra. O Afeganistão estava em guerra, mas algo ali parecia calmo e tranqüilo. Muito diferente do que há no país hoje.

Além do mais, os afegãos são os árabes mais bonitos do planeta: magros e altos, de olhos subitamente verdes; são especialíssimos.

Irã 2. Estamos de carona viajando de Tabriz para Teerã. De repente, dentro de um túnel que atravessa uma longa montanha, colidem dois caminhões, interrompendo a passagem para ambos os lados. Os homens largam seus carros com as famílias dentro e vão se juntando em torno do acidente. Inicia-se uma discussão forte e gesticulada. Enquanto o grupo cresce junto com os ânimos, todos que estamos dentro do túnel somos envoltos numa nuvem espessa de gases tóxicos. Sim porque aos motoristas não ocorrera desligar seus carros. Percebendo minha inquietação, R. implora para que eu fique quieta e aguarde até que *os homens* — olhe onde estamos, Maitê — destrinchem o imbróglio. Minhas raízes latinas, entretanto, obstruem-me a sensatez. De carro em carro peço às esposas, filhos, tias, que desliguem seus motores para que possamos respirar.

— Pollution, very bad, black air, children dead e você também, entendeu? Em nome de Alá, de Maomé... por Santo Antônio, cacete!

Ninguém reage.

Vou até o grupo de homens na esperança de que me compreendam. Descabelo-me em cinco idiomas, faço mímica, vou às lágrimas. Eles me olham como se observassem o cruzamento de um polvo com uma girafa anã. E riem.

Cato minha mochila, saio do túnel e parto para Teerã. A pé.

Na Tailândia com um amigo italiano, resolvemos fazer aquelas massagens pelas quais o país é mundialmente conhecido, e selecionamos um lugar aleatoriamente. À entrada havia uma espécie de aquário com dezenas de meninas dentro. Para escolher. Apontamos para duas moças bem novinhas — como aliás eram todas, deviam ter uns 15 anos.

Como queríamos? Juntos? Na mesma cama, separadas, luz acesa, apagada?

Enquanto as meninas nos massageavam, conversávamos em idiomas que elas não compreendiam. E elas riam. Riam o tempo todo. É que nós só queríamos mesmo a massagem, o que para aquelas meninas parecia um passeio no parque comparado ao que era pedido usualmente.

Estou num país do Oriente Médio atravessando o deserto em longa viagem de ônibus. Dentro, há homens e mulheres muito simples, galinhas e outros bichos dentro de cestas, pertences amarrados em trouxas. R. e eu sentáramos nos últimos bancos do veículo. Acontece que havíamos esquecido de trocar dinheiro, então, nas paradas que se fazia em pequenas tendas no meio no nada, só podíamos provar do chá que era oferecido de graça — o estômago permanecia vazio. O ônibus estacionava cinco vezes ao dia para a reza. Não entendo como os homens sabem onde está Meca no meio da madrugada, no coração do deserto, mas o fato é que todos, sem olhar para os lados, se ajoelham na mesma direção. Bendita obrigação muçulmana — foi o que nos salvou. Passamos dois dias sem comer e sem tomar da água que era servida dentro do transporte, porque, não sendo islâmicos, se tocássemos naquilo estragaríamos o líquido para todos os demais, tornando-o impuro.

Ao fim do segundo dia de estrada, um senhor que chegara a seu povoado — um oásis na imensidão de areia — caminhou até nossos bancos, puxou para fora os bolsos de seu camisolão e entregou-nos tudo que tinha dentro. E tudo era dinheiro, não podíamos aceitar. Ele fazia questão! À sua maneira sem palavras, mas com gestos inconfundíveis, obrigou-nos a receber a doação.

O homem era pobre, muito pobre.

Como há generosos entre a gente simples deste mundo...

Baleias migram para as Galápagos a fim de parir seus rebentos nas altas temperaturas do Equador. É para que eles tenham tempo de armazenar gordura antes de acompanharem suas mães de volta às gélidas águas polares. Então, quando de noite a gente passeia nos conveses para admirar o céu, que lá é híbrido com constelações de ambos os hemisférios, vê-se também grande quantidade desses mamíferos ensinando piruetas para suas baleiazinhas recém-nascidas.

De manhã, sentada na areia da praia, um enorme pelicano pousa a um metro de distância. E fica! — sem receio algum do ser humano hirto em que sua presença transformou a criatura ao lado. Ele é o bicho mais lindo que jamais chegou tão perto, e eu não quero imaginar nem por um segundo que o bater de minha pálpebra possa incomodá-lo fazendo-o mover-se dali. Dez minutos e uma eternidade depois o pelicano se vai — e eu, apaixonada, quase que vôo junto.

Quem sabe da próxima vez?

Volto de uma longa viagem. Um mês longe de minha filha. Chego ao Rio e da minha janela o Carnaval explode em excessos. Eu precisando de paz para botar a vida em ordem e matar as saudades, olho pra Maria de quatro anos e penso: Disney! Claro, ela vai amar, e eu fujo desse baticutum. Embarcamos naquela noite e no dia seguinte ingressávamos no mundo mágico de Walt.

Doce ilusão.

A Flórida é o estado mais ao norte do Brasil, e todas as filas para todos os brinquedos têm mais criancinhas brasileiras com mamães sedentas por autógrafos do que poderia existir num tenebroso pesadelo.

Dois dias se passam. Café-da-manhã com Pluto, Minnie, Mickey, Donald, todos desfilando o repertório de gracinhas para nós, minha filha me olha e diz: "Mamãe, vamos pra casa?"

No dia seguinte, aliviadas, pulávamos carnaval em Ipanema.

Eu vestia um modelinho Pluto, e Maria ia de Branca de Neve.

Ao final de dois anos, cansada de sofrer a perda de Chougel, a menina despediu-se das crianças, entregou-as para a avó com a promessa de voltar, certificou-se de que o irmão e a cunhada cuidariam do hospital, aceitou o convite de um amigo que rodava o mundo num veleiro e partiu para o desconhecido. Juntou-se à embarcação na Ilha de Madagascar.

O *Aroeira* levava quatro tripulantes e vinha do Brasil rumo ao Oriente. Então, de Madagascar, seguiram pelo Oceano Índico para a Ilha de Reunion, para as Maurício e o arquipélago de Chagos, subiram pelo Mar do Timor para a Indonésia, adentraram o Pacífico em direção à Austrália, navegaram pela Papua-Nova Guiné, e chegaram às ilhas Salomão onde um trincamento no bloco e na camisa de um pistão obrigou o barco a ancorar para reparos.

Seis meses haviam se passado de horizonte e mar. Seis meses de céu, vento, chuva, tempestade, desce a vela, calmaria, terra à vista. Aves migratórias... ilhas e corais. Outra música tocava agora dentro da menina, música de um ritmo novo e desconhecido.

Um dia, andando só pelas areias brancas da marina de Avi Avi, deparou com o botânico italiano que viajava com ela no *Aroeira* desde que largara tudo para se lançar em aventura. Massimo estivera por ali e ela não prestara mais atenção a ele do que a Calico e Corine, seus amigos de infância. Naquele instante, no entanto, o italiano conversava com o chefe da marina, Moses Razak, e era impossível não se contagiar pelos risos que contorciam seu corpo numa alegria perceptível a distância. Tendo se interrompido à sombra de um coqueiro, a menina olhava aquela festa quando uma janela se abriu dentro dela fazendo entrar um arco de infinitas íris. Por ali entraram também os olhares úmidos que Massimo lançava sempre em sua direção. Por uma fresta da janela chegaram-lhe frases que o moço dissera no convés ao fim de um dia de calmaria, e, surpresa, percebeu que soavam galantes. Enxergou a falta de lua numa noite em que dividiram a vigília, sentiu na língua o risoto com tinto que haviam preparado juntos para Calico e Corine, e embriagou-se do vinho que dispensara... Girou o corpo numa volta completa e enxergou exuberante a natureza mais intocada que avistara até então, e assim, encantada com a voluptuosidade das coisas, entendeu que estava completamente tomada de amor. Correu um quilômetro até Massimo e percebeu que agora, ao contrário das retinas encharcadas de outrora, havia um incêndio em seus olhos. Pediu licença a Moses, abraçou o botânico com fúria e engoliu-lhe a boca num beijo despudorado. Foi o beijo mais longo dos três mil anos de história daquelas ilhas. Entrelaçaram suas línguas por sete dias consecutivos e quando, exaustos, deram o desejo por satisfeito, haviam adquirido tanta intimidade que não precisavam de mais que um suspiro para se entenderem nas diversas questões de cada momento.

Os amantes pegaram o primeiro avião a sair das Salomão, e, por se encontrarem num canto remoto do mundo, desceram em Mali trinta horas depois.

A família da menina esperava com flores, que voaram pelos ares no minuto em que se avistaram. Agarradas ao pescoço da mãe, as crianças derrubaram-na ao chão, estatelando-se todos no meio do aeroporto de Bamako. Eram sete crianças agora porque além de Paul, Ana, Patrick e das duas sobrinhas, Lina e Saudade, Laura, a cunhada, havia tomado para criar mais dois agregados de três e quatro anos.

Não havia tempo a perder, então, enquanto a menina apresentava a Massimo o hospital, os amigos, o artesanato de barro, a seca e a comida malianas, enquanto sarava das saudades dos seus (que agora doíam atrasadas), em longas conversas madrugada adentro, Aissata tomava as providências para nova partida.

Em uma semana a família reunida voava para Avi Avi.

O casamento aconteceu na praia. Moses e os amigos locais deitaram uma longa mesa na areia forrando o chão com galhos de coqueiros à maneira das ilhas Salomão. Gente das ilhas próximas, convidados de diversas embarcações, Aissata, Laura, Antônio e as crianças, assim como amigos da capital Hoinara, todos ajudaram com os preparativos e a confecção das comidas e bebidas. No dia da cerimônia, sentaram-se na areia tendo por telhado as copas das árvores e a mata e o mar por paredes. Música e danças contínuas celebraram o casamento. Moses iniciou a batelada de discursos, que prosseguiu — se não me engano — até os dias de hoje. Calico tomou a palavra, e passou-a para Antônio que, por sua vez lembrou de Carlos, materializando-o na versão mansa e bem-humorada. E então falou o pai de Massimo, sucedido por seus cinco irmãos. E a seguir, os outros trinta familiares vindos da Itália para a cerimônia. O fato é que amigos havia de toda parte, de toda cor, de toda sorte e que, embriagados de lua e brisa, e desinibidos pelas vulcânicas forças daquelas ilhas, incontáveis tomaram a palavra para recitar, cantar e desejar fortuna aos amantes. De madrugada a esposa de Moses amarrou a menina às costas de Aissata com fitas coloridas e pediu-lhe que dançasse enlaçada com a nora como teria feito Consuelo caso estivesse ali. A mãe de Chougel embalou a menina em suaves movimentos de afeição. Depois, seguindo a tradição das Ilhas, a mãe do noivo desamarrou-as, dançou também com sua nova filha, pegou-a pela mão e entregou-a a Massimo. Os filhos da menina com Chougel foram se aproximando em círculo, em torno deles se achegaram as outras crianças, e à volta delas os amigos se encaracolaram em metros centenários de palmas e vivas espetaculares.

Finalmente, num belo dia foi preciso que Antônio retornasse ao Mali para cuidar do hospital, que andava quase sozinho com tantos voluntários engajados, mas que não andava sem ele. Laura e as meninas ficariam ainda dois meses de férias. Aissata acabou permanecendo em Avi Avi pelo restante daquele ano, e as crianças, *bien sur*, não quiseram saber de largar o paraíso, e nem consideravam passar mais um dia longe da mãe ou mesmo de Massimo, a quem logo se afeiçoaram sem restrições.

Levara 83 dias, mas por fim o *Aroeira* ficou pronto para viajar. Então, numa manhã de vento bom, Calico e Corine, pesarosos como tartarugas que largam seus ovos antes de racharem, despediram-se dos amigos e retomaram os mares, com todos os habitantes da marina de Avi Avi acenando para eles na areia da praia.

Aos nove meses do casamento nasceu Flora, e um ano depois chegou Artemísia. Com o nascimento das meninas, Aissata, que havia voltado para o Mali por saudades da terra e do casarão, passou a dividir-se; metade do tempo com a família de Antônio e a outra metade com a menina dos sonhos. Dinheiro não era problema, porque Massimo, que em tudo era um príncipe, também, por sorte, possuía tesouros de sobra. Fora criado com abastança, e das coisas que se compra com moeda, nada faltaria por incontáveis gerações.

Quanto às crianças, estudavam por correspondência, com a mãe fazendo as vezes de professora. Com o passar do tempo, na casa da ilha surgiu uma escola espontânea, com filhos de pescadores que também se interessaram em aprender coisas sobre o mundo de fora e em poder ler sem auxílio os livros com histórias que a menina contava de noite em volta de uma fogueira. A casa ficou pequena para caber tanta gente miúda, mas Massimo cuidou para que nunca faltasse espaço. O botânico, que era também artista, depois de construir para a família a mais linda casa de que se tem notícia, e de erguer ao lado salas de aula circulares com vista para o mar, plantou à volta e por dentro um paraíso de flores, folhagens e árvores colhidas nas redondezas. Depois, a pedido dos habitantes locais, estendeu sua mágica por toda a ilha, embelezando-a com encantos que ninguém sonhava ainda possíveis naquele éden da perfeição.

Ciclones costumam nascer nas Salomão, e seus impactos por ali são diminutos, fortalecendo-se com a distância, à medida que tomam embalo. Mas vez por outra, quando algum tsunami resolve fazer sua graça, é ao botânico italiano que as autoridades recorrem para reordenar os jardins, porque, depois que ele passou a restaurar a natureza, nunca mais se andou por aquelas bandas sem que lágrimas escorressem em alumbramento.

As crianças cresciam robustas e alegres. A menina, com seu toque transformador, não parava de ajudar a gente a evoluir com brilho. Entre a escola e a vida em família, orientava os artesãos locais para que seus produtos se tornassem atraentes ao mercado europeu. Quando a coisa floresceu, ela correu atrás de contatos antigos dos tempos da Tanzânia e passou a vender talheres de madeira rosa, louças de troncos bicolores, vasos e pratos de pedra branca e muitos outros artigos em lojas sofisticadas de Roma, Milão e Londres. O rendimento voltava para a ilha, e ainda sobrava um bocado para Antônio investir no hospital de Mali.

Então, apesar de toda a simplicidade, a vida seguia em trajes de gala.

Quanto a mim, sigo aqui nesse meio de vida, meio sem rumo, meio escritora, meio atriz, meio casada, meio feliz, meio sem terra, sem laços, com meios amigos, meio fechada para dentro de mim.

O tempo escoa inclemente com sua batida ligeira, e há uma nova urgência no fazer das coisas. Não contemplo a serenidade esperada, e inquieta me impaciento no remoer de ocasiões perdidas. Por que não tive mais filhos, por que não cultivei mais amigos, por que falei quando era hora de ouvir, por que não sosseguei com o parceiro amado, por que não bebi menos e percebi mais, por que hoje há tantos porquês onde antes havia apenas um dia após o outro? Estou fadada ao temperamento que tenho, e quando finalmente percebo as armadilhas de minha condição, quando se esclarecem as dubiedades, já não há como remediar-lhes as conseqüências.

Entre meios e porquês percebo-me com uma frustrante tendência à incompletude. Eu era tenista e competia, mas não chegava a vencer os torneios, chegava quase. Fiz parte de inúmeros times de esporte, mas nunca fui a melhor jogadora, nem a melhor corredora, nem a melhor aluna das matérias que me atraíam. Poderia ter sido em alguns momentos, mas algo em mim se desinteressava quando entendia que a glória era alcançável. Era como se o me saber capaz fosse suficiente. Como se tivesse que bastar porque era feio e pequeno desejar também os aplausos do mundo; um mundo cujos valores não deviam me seduzir porque sou filha de meu pai, porque sou filha de meu pai! Quando mais tarde me tornei atriz, esse freio me roubou dos personagens, impedindo que a artista transcendesse o corriqueiro. E se hoje sei como se faz tendo me libertado para voar nas esferas em que há beleza e poesia, se me permito usar todo o sentimento, se me curvo ao comando de um diretor e posso me lançar sem temores no prazer do meu labor, de que me serve tudo isso? Ontem, quando as luzes giravam em cima de mim, voei baixo — hoje meu vôo pouco importa, há muito o foco se lança em outras direções.

Não é verdade o que aprendi com meu pai. Quando a gente escolhe se apresentar ao público, os aplausos são um complemento legítimo e indispensável. Não é verdade que é preferível esconder os primores de quem não sabe apreciá-los — sempre haverá quem os identifique, e eis a única possibilidade de arrancar a alma do isolamento. Descer do pedestal protetor e jogar na roda o que se tem de melhor, além de generoso, é excelente medicina contra a arrogância das bestas (e da besta que vive em mim). E se os aplausos, ainda assim chegarem por motivos tolos, um artista deve refinar sua arte exaustivamente, e todo dia, para que ela atinja aquele ponto sublime onde há uma ponte entre o fútil e o requinte, e onde é possível o convívio do reconhecimento público com a satisfação íntima.

Poucas vezes toquei ali, fiquei pelo meio. E não há mágoa nessa constatação, apenas um olhar que vê.

Mas se por um lado herdei os rígidos valores éticos de meu pai, e permiti que obstruíssem caminhos fortuitos, no mais fui solta e intuitiva como minha mãe. Hoje percebo que vivi cada dia para dar vida a Margot. Viajei o mundo, conheci pessoas diversas, me enfronhei por outras culturas, amei e experimentei todos os prazeres, cantei, pulsei, senti, olhei e sorvi cada minuto com grande interesse. Olhando para trás entendo que fiz por minha mãe como imaginei que ela teria gostado de fazer — e sem ter que morrer por isso.

Sigo assim, por ela e por mim. Sigo subindo e descendo as montanhas para saber o que há atrás da paisagem. Haverá, possivelmente, outra montanha muito parecida com esta em que me encontro agora, mas, como tenho pregados na memória aqueles primeiros tempos em busca de alegrias essenciais, não acharei isso maçante: a satisfação está no percurso, e alcançar o topo para espiar o outro lado é só a motivação para seguir no caminho, para seguir no caminho, para seguir simplesmente no caminho.

Em Avi Avi também o tempo segue, mas lá a cadência mais solta das horas tem o amor como compasso da vida.

Em 23 de todo mês, na data do casamento, a menina e o botânico tiram o dia para lubricidades de alta voltagem. Amam-se com tamanho ardor que os plânctons se agitam no mar prateando as águas com um brilho que resplandece por todo o arquipélago. A luz clareia as casas e excita os casais porque os amantes sabem bem donde vêm aquelas refulgências afrodisíacas, e se deixam contagiar de boa vontade. Assim, a noite das ilhas Salomão corre em tsunamis de suspiros com suor e na manhã seguinte a vida começa quando já é de tarde.

E foi num dia desses que o inesperado se apresentou à porta da casa da ilha. Preguiça estancava o ar de calmaria. As crianças haviam partido de canoa na direção de Tulaghi para banhar-se em bando nas cachoeiras que despencam das montanhas no povoado vizinho. Massimo saíra de bicicleta — para checar o correio, quem sabe.

— Vou dar um giro. Ti amo.

A menina balançava na rede da sala, que, por ser menos iluminada que as varandas de fora, guardava sempre o leve frescor da noite. Então, ela virou o corpo num movimento lânguido, e subitamente o mundo irrompeu num instante sem fim. E esperou... quarenta anos enquanto as amigas se olharam — não se viam desde os tempos de colégio em Planícies, mas agora, do nada, Ela estava ali, em pé na soleira de pedra.

Na praia uma onda chocou-se contra os grãos de areia quente acordando o entardecer, e o silêncio espatifou-se em mil pedaços, formando um mosaico de pequenos acontecimentos.

Então, a menina e a escritora se reconheceram. Inequivocamente...

E abraçaram-se no final feliz.

Este livro foi composto em Electra
impresso pela Gráfica Vida e Consciência sobre
papel pólen bold 90g para a Agir em 2008.